沖田正午

お家《うち》あげます

実業之日本社

実業之日本社文庫

目次

第一章　お家が、タダで……

一

お家、もらっていただけますでしょうか？

LINE《ライン》を開くと、こんな文言が目に飛び込んできた。

「何、これ？」

唐突すぎる文面に、宇奈月亜矢子《うなづきあやこ》は驚きよりも、眉間《みけん》に一本の縦皺《たてじわ》を寄せて大きく首を傾《かし》げた。「誰だろ、松岡美樹《まつおかみき》って？」差出人の名を、すぐには思い出せない。間違いならば、返してあげなければ。

面倒臭いと思いつつも『どなたかとお間違いではございませんか』と、亜矢子は返事を書いた。そして、送信アイコンを押す既《すんで》のところで「……ちょっと、待って」と思い直し、指を止めた。子猫がじゃれているサムネールに、憶えがあったからだ。同時に、松岡美樹の名を思い出す。

「そうだ、あの人……」

もう一度LINEの文を、亜矢子は声に出して読み返す。

「お家もらってって……えっ！」

その意味の所以《ゆえん》が脳裏をよぎった瞬間、亜矢子の眉根《まゆね》は吊《つ》り上がり、驚愕《きょうがく》の表情へと変わった。「これは、大変！」と、独りごちると亜矢子は立ち上がり、隣室で時代小説を書いている、夫の神田仁一郎《かんだじんいちろう》のもとへと足を向けた。ノックをすることなく書斎のドアを開けると、仁一郎は執筆の最中にあった。パソコンの、キーボードを叩《たた》く音が止まると、自然にできたスキンヘッドが亜矢子に向いた。

「どうしたんだ、いきなり？」

急に声をかけられると、書こうとしていた語彙《ごい》が頭の中から飛んでしまう。いつも、そう注意をされている。執筆が邪魔されるのを嫌がり、仁一郎が不機嫌になることを、亜矢子はよく知っている。気をつけているのだが、今はそんなことをおもんぱかっている場合ではない。

「ごめんなさい、仁ちゃん。いえね、こんなLINEが届いたので驚いてしまい……」

仁一郎の面前に、亜矢子はスマホを差し出して見せた。

「家をもらってくれって……いったいどういうことだ？」

犬猫でもあるまいしと言う仁一郎の呟《つぶや》きが、亜矢子の耳にかろうじて届いた。

「仁ちゃんは憶えてない？　半年ほど前、浅草のくじら屋で呑《の》んだ時のこと……」

LINEの差出人である松岡美樹とは、浅草の酒場で偶然に隣り合わせた女性の名であった。

宇奈月亜矢子と神田仁一郎は、夫婦であるがどちらも本名ではない。六年ほど前に作家クラブのパーティーで知り合い、入籍してからまだ三年も経《た》っていない。かなり晩婚の、新婚所帯であった。

五十三歳になる宇奈月亜矢子は芸名で、一昔前に女優として五、六本の映画に出演したことがある。いずれも低予算で作られたB級映画の端役で、それで今でも自ら現役女優だと主張し、昔の残光を引きずっている。

仁一郎は、六十六歳。夫婦には、十三歳の年の開きがある。神田仁一郎という名は時代小説作家としてのペンネームで、これまで出版した文庫本の数は九十冊近くにおよんでいる。ひと頃は月刊時代作家と呼ばれるほど刊行に追われ、年間数千万稼ぐと、亜矢子は噂《うわさ》で耳にしたことがある。「——それであの女、神田仁一郎に喰《く》いついたのよ」と、心無い陰口を耳にするも他人《ひと》の口に戸は立てられない。ひがみそねみが、どこからともなく聞こえてくるが、亜矢子としては意に介していない。それでも「そんなんで、一緒になったんではないよ」と打ち消す言葉が、かえって自らの心に空《むな》しく響いていた。

仁一郎はこの数年、出版点数もぐっと減り人気に翳《かげ》りが出てきている。これまで、さぞかし印税を貯《た》め込んでいると思いきやそれがまったく逆で、若いときに作った借金の弁済などで預金は底をついている。すでに老齢の域にさしかかるも、たいして年金ももらえず、老後の生き方を考えなくてはならない状況にあった。

そんな折に買った週刊誌をパラパラとめくっていると『——老後の資金　二十年で最低六千万円が必要！』亜矢子の目に、こんな見出しが飛び込んできた。

「六千万て……そんなに必要なの？」

すぐにはピンとこない金額である。亜矢子にとって六千万は、遥《はる》か彼方《かなた》の、夢の数字であった。

一気に気持ちを沈み込ませる不快な文言であったが、現実を直視すると放り捨てることのできない、身に迫ってくる見出しであった。老いていくに従い、この先の収入は減ることはあれ、よほどのことがない限り伸びることは期待できない。

「老後破産……」

昨今マスコミにもよく取り上げられるこの四文字が亜矢子の脳裏をよぎり、背筋の凍るような戦慄《せんりつ》が奔《はし》った。

「現状を考えると、もう安穏とはしてられないのね」

震える声音で、亜矢子の口から独り言が漏れた。遠い未来に思えるが、すぐにやってくる近い将来である。

こんなはずではなかったのにと思ったものの、到底口に出せるものではない。亜矢子の玉の輿《こし》は四十五度、傾いていた。そこにもってきての、週刊誌の見出しである。

『お家、もらっていただけますでしょうか』の話は、近い将来を案じたところで降って湧《わ》いた、亜矢子にとっての、一筋の光明であった。

話は半年ほど前に遡《さかのぼ》り、前年十一月下旬のこと。

亜矢子は昔からの知り合いである、グッデイ大塚という映画監督と会う約束ができていた。B級映画だが、シリアスに人間の機微を描き出すことで定評がある監督である。グッデイ大塚の次の作品は『隅田川暮色』という題名で、すでにシナリオはできているようだ。その配役のことで相談があると、亜矢子に話がきたのであった。

女優の宇奈月亜矢子にとっては久しぶりのオファーだからと、厚化粧につけ睫毛《まつげ》まででして念入りに化粧を施した。

処《ところ》は浅草。午後五時の約束で、神田仁一郎も同行する。亜矢子は夫連れを嫌がったが、これは作家の仁一郎にも会いたいとの、監督の意向でもあった。グッデイ大塚は赤坂に用事があり、二時間ほどしか時間を取れない。ファミレスあたりで簡単に食事をしながらということになった。

雷門近くのファミレスに入り、ボックスシートの席で待つこと五分。すると、スウェードのジャケットの上に革ジャンを纏《まと》ったグッデイ大塚が店に入ってきた。あれが監督よと、亜矢子が目立たぬように指を差す。

「せっかく神田先生と再会できたのに、時間がさほど無くて申しわけございません」

グッデイ大塚は近づき開口一番、丁寧な言葉で一礼すると、向かい合って座った。

薄い色つきのメガネの奥で見つめる目は、カメラのレンズにも思えてくる。

ビールで乾杯し、単品メニューを肴《さかな》に一献酌み交わす。

「監督と仁ちゃん、会うのはこれで二度目よね」

亜矢子が紹介するまでもなく、仁一郎とグッデイ大塚は、この日は二度目の顔合わせであった。最初はさらに一年前、渋谷の劇場で上映されたグッデイ大塚の監督作品を、亜矢子に連れられ観《み》に行ったときである。舞台挨拶で劇場に来たグッデイ大塚と、仁一郎はその時に名刺を交換していて、すでに顔は見知っていた。

生ビールのジョッキも二杯目となり、世間話から話題は本論となった。すると、驚くべき言葉が、グッデイ大塚の口をついて出る。

「実は、今度の映画に神田先生も出ていただきたくて……」

「えっ！」

驚いて声を出したのは亜矢子のほうで、仁一郎はわけもわからず両手でジョッキを抱えている。片手だと落としそうで、それを防いだ形になっている。

「なんで、うちの旦那を……？」

ズブの素人に先を越されては沽券《こけん》に関わると、女優宇奈月亜矢子の鋭い視線がグッデイ大塚の顔を刺した。

「いえ、亜矢さんにもちゃんと役柄を用意してありますからご安心ください」

亜矢子の心の内を察したグッデイ大塚は冷や汗を浮かべ、咄嗟《とっさ》に言い繕った。

「ならよろしいですけど。ですが、なんでこんな不細工な顔を……?」

「だから、その不細工なところが味があっていいんですよ」

仁一郎が浮かべる不機嫌そうな表情をさしおいての、亜矢子とグッデイ大塚のやり取りであった。

「見る角度によっては、もの凄《すご》く個性的なんですな」

「映画監督の目というのは、ほんと分からないものですわ」

どうやら自分以上に重要な役柄が用意されていそうだと、亜矢子の口調は穏やかではなくなっている。

「以前お会いしたとき、ふと一瞬、カツシンにも見えたのですよ」

「カツシンて、あの勝新ですか?」

口をあんぐりと開け、驚く表情で亜矢子が問いたてた。

「ええ。神田先生は、どこか勝新太郎を彷彿《ほうふつ》とさせます」

往年の大スター勝新太郎の顔を、頭の中に思い浮かべて亜矢子は苦笑する。できれば、声を立てて笑いたかったが、それは仁一郎に失礼と自重した。

男にとって、これ以上の褒め言葉はない。似ていると言われるより、彷彿というほうが遥かに言葉としての重みがある。そんな、まんざらではない表情を浮かべる仁一郎の横顔を見つめ、亜矢子はフッと小さく息を吐いた。

「僕が座頭市を撮るとしたら、先生を抜擢《ばってき》しますね」

仁一郎の琴線に駄目《ダメ》を押すような、グッデイ大塚のもの言いであった。

——監督、いくらなんでもそれって褒めすぎでしょ。

亜矢子は、そんなことを思いながら口にする。

「監督の目って、少しおかしいのではございません……いや、そう言われればどことなく」

亜矢子は小さくうなずくと、気持ちを百八十度翻した。見れば見るほど、味わいのある顔だ。いつまで見ていても、飽きない。人はこれを、個性的というのか。仁一郎の横顔に、亜矢子の頭の中をいろいろな形容詞がよぎる。

「でしょ。僕がそんなお世辞を言うわけありませんよ。これでもシビアにオーディションをこなすほうですからね」

グッデイ大塚と亜矢子の話を聞いている仁一郎は、ただ黙って薄ら笑いを浮かべているだけだ。

「……この人、なんとも思っていないのかしら？」

誰にも聞こえぬほどの呟きが、亜矢子の口から漏れた。

「神田先生には、お人よしのヤクザの隠居組長。亜矢子さんには、ご希望の浅草芸妓《げいぎ》になっていただきますから」

「はい。一所懸命務めさせていただきます」

グッデイ大塚から希望していた役を振られると、言葉と表情がうって変わり、亜矢子はすこぶる上機嫌となった。一方、具体的な役を聞かされた仁一郎の心境は複雑なようだ。いかんせん、演技は素人中の素人である。口をへの字に曲げて、芋虫を嚙《か》み潰《つぶ》したような苦々しい表情であった。

「学芸会とは、違うからなあ。それに俺は、生まれてこの方芝居などしたことがないし……」

マイナス思考が、仁一郎の口から漏れて出る。ただ一度、小学校の学芸会のとき『松』の役をやったことがあると、以前に亜矢子は聞いたことがある。松って何と訊《き》くと、松の木のお面を頭につけてただつっ立っているだけの役だと言ったときは、外の通りにも聞こえるほどの、大声を出して笑ったものだ。

「仁ちゃんも頑張って出なさいよ。映画で名が売れたら、本も少しは売れるようになるからさ」

別の打算もあって、亜矢子が仁一郎の背中を押した。

「ああ……」

仁一郎の、生返事があった。しかし、あくまで表情は消極的に見える。家で、ゆっくり説得しようと亜矢子は思った。

二時間は、あっという間の速さで過ぎていった。具体的な話は次の機会にということで、グッデイ大塚とはその場で別れた。


仁一郎の作品は、江戸時代の浅草が舞台になることが多い。

奥山にある浪花節《なにわぶし》の定席木馬亭《もくばてい》には、仁一郎も浪曲を聴きによく通ったという。だが、この三年浅草に足を踏み入れてはいない。仁一郎にとっては、久しぶりの浅草であった。

「ちょっと、呑みが足りないな。せっかく来たんだから、浅草らしい酒場《ところ》で一杯やっていくか」

役者デビューの話が舞い込み、仁一郎の心中は複雑ながらも上々の気分であると見える。しゃべる口調も興奮気味であった。「意外と乗ってるじゃないの」亜矢子が、さらに煽《あお》る口調で言った。

雷門から仲見世を通り、宝蔵門を潜《くぐ》って観音様に参拝した後、西側の冠木門《かぶきもん》を通り奥山へと足を向けた。その昔は、見世物小屋などが建ち並んでいたところだ。浅草の情緒を味わいつつ、どこで一杯呑もうかと足は迷っている。

「そうだ。しばらくぶりに、くじらでも食べるか。このへんに、その居酒屋があるはずだ」

「そうね。くじら料理は大好き」

浅草の芸人などがよく呑みに来るという、くじら料理で名の知れた店である。ようやく落ち着く店が決まった。行き先が決まれば、その足は速い。屋号が書かれた暖簾《のれん》を潜り、引き戸を開けるとそこはカウンターだけの店で生憎《あいにく》と満席であった。

「仕方ないな」

よそに行こうと踵《きびす》を返しかけたところで「お二人さん空くよ」と、板場から声がかかった。客が二人出てきて、入れ替わるように亜矢子と仁一郎は中へと入った。十四、五人が横一列に並べば満席になってしまうような店だ。壁に掛かったメニューは、すべて素材がくじらである。ベーコンなんてのは、懐かしい味だ。捕鯨が制限されてから、くじらはかなり高価になって食すことも減った。

「タンパク源となって、戦後の日本人の飢饉《ききん》を救ってくれたのは、まさにくじらだったからな」

年寄りでないと身に滲《し》みていない、そんな薀蓄《うんちく》を口にしながら、仁一郎はくじらの竜田揚《たつたあげ》とベーコンを注文した。瓶ビールでの、仕切り直しとなった。

「それにしても仁ちゃんに、グッデイ監督からオファーがあるとは思わなかった」

「これで俺も、スターの仲間入りってやつか？」

「あまり、調子に乗らないほうがよいと思うけど。それにしても、楽しみが増えたよね」

「そんなに俺は、カツシンを彷彿とさせるかね？」

「どことなくね。それよりも、小説家の文化人が出るというだけで、B級映画は箔《はく》がつくから。まあ、そんなところでのお世辞と思っていたほうがいいかもよ」

「俺が出たところで、箔なんかつきはしないよ。世間一般じゃ、まったくもって無名だし」

仁一郎が、真顔で謙遜《けんそん》する。

「値打ちのある、無名よ」

亜矢子が、仁一郎のグラスにビールを注《つ》ぎながら言った。

「まあ、そんなのどうだっていいや。とりあえずめでたい話だから、乾杯をせにゃあかんな」

この日二度目の乾杯で、二人はグラスをつき合わせた。

二

仁一郎の隣席に、三十歳前後の女が座っている。

男と一緒にいるが、身形風貌《みなりふうぼう》からして健全な仲のようだ。一見、職場の同僚ってところか、怪しい雰囲気は感じられない。

「あのう、よろしいでしょうか？」

いきなり隣の女が、仁一郎に話しかけてきた。袖振り合うも他生《たしょう》の縁といったところか、酒場ではよく見かける光景である。

「はあ、なんでございましょう？」

仁一郎は、亜矢子に向けていた顔を反転させて女のほうに向いた。

「ごめんなさい、お話し中。ちょっと、お二人のお話が聞こえたもので……いえ、けして盗み聞きではございませんから」

「いや、かまいませんよ。連れ合いの声が大きいですから、かえってご迷惑を……」

「それで、どんな話を聞かれました？」

亜矢子が、仁一郎越しに訊いた。

「もしかしたら、作家さんですか？」

「ええ、主人は時代小説を書いてます」

仁一郎を差し置き、亜矢子が誇らしげに答えた。

「よろしければ、お名を聞かせていただけますか？」

丁重な女の言葉に好感を覚えたか、仁一郎は胸のポケットから名刺入れを取り出すと、紙片を二枚指に挟んだ。

「こういう者です」

連れ合いの男女、それぞれに名刺を手渡す。ペンネームと携帯電話の番号が書かれただけの、すこぶるシンプルな名刺である。

「えっ、まさか！」

すると、名刺を見つめながら女のほうが絶句している。

「本当に、神田先生……ですか？」

唖然《あぜん》とした表情で、女が問いかける。

「嘘《うそ》をついても仕方ないでしょ」

返事は、亜矢子からであった。そして、逆に問いを発する。

「驚いたご様子ですが、主人をご存じで？」

「ご存じどころではございません」

仁一郎を挟んで、女同士のやり取りが交わされる。

「私の祖父が、先生の大ファンなのです」

作家にとって、これほど冥利《みょうり》に尽きる言葉はない。作家の名など、百人に一人知られていれば、有名な部類だ。自分の名を知る人とは、巷《ちまた》ではなかなか遭遇できないものだからと、仁一郎は有頂天顔だ。

「こちらに、ビール一本差し上げて」

カウンターの奥にいる板前に、仁一郎がすかさず声をかけた。

「いえ、そんな……」

女が遠慮をするも、

「どうぞ、ご遠慮なく。こういう場所で主人の名を知ってるお方と出会えて、あたしも嬉《うれ》しいのです。夫の奢《おご》りです、じゃんじゃん呑んで」

亜矢子の気持ちも、天に昇っている。余計なことを言うなと、仁一郎の不機嫌な顔が向いても亜矢子は動じない。

「仁ちゃん、竜田揚もご馳走《ちそう》してさしあげたら」

「……まるで森の石松、三十石船の光景だな」

仁一郎が、時代小説作家らしい呟きを漏らした。『――寿司《すし》食いねえ　江戸っ子だってねえ』といったフレーズは、往年の浪曲師二代目広沢虎造《ひろさわとらぞう》の十八番《おはこ》『清水次郎長伝　石松三十石船道中』の、有名な一節《ひとふし》だ。「それ知っている」亜矢子が子供のころ、爺《じい》さんが風呂場で唸《うな》っていたのを思い出した。

女は、松岡美樹と自らの名を語った。

普段は府中の病院に勤める看護師《ナース》で、美樹が浅草に来ることはほとんどないという。その日はたまたま押上《おしあげ》にある同系列の病院に、派遣看護師として来ていた。連れの男性は、押上の病院のレントゲン技師で浅草案内となったらしい。こちらの話に口を挟まず、にこやかな顔をして聞いている。

「祖父は静岡に独りで住んでおります。八十五歳と高齢なのが心配で、月に一度は看《み》に行ってるのですがまだまだ達者で、畑を耕して自給自足のような生活をしているのですよ」

美樹の話を、仁一郎と亜矢子はうなずきながら聞いている。

「その祖父は昔から本が大好きで、とくに時代小説を好んで読んでます。その中でも、とくに神田先生がご贔屓《ひいき》なようで、先生の作品がたくさん積んでありました。私が驚くのも、無理がございませんでしょ?」

「拙著を読んでいただいているとは、僕も驚きましたよ。こんな嬉しい話は、滅多《めった》にないですし……さあ一献、お連れさんにも」

美樹と連れの男性に、仁一郎は瓶ビールの口を差し出した。

「今日は、二ついいことが重なったわね。実は主人、今しがた映画監督と会いまして、映画の出演が決まりましたのよ」

亜矢子の声は大きい。店内の目が、一斉に向いた。

「おいおい、でかい声でそんな話をするな」

仁一郎は気恥ずかしいのか、首を竦《すく》めて亜矢子をたしなめた。

「まあ、すごい。さっそくLINEでお爺ちゃんに、この話を伝えなくちゃ。きっと、目を丸くして驚くわ」

「お祖父《じい》さま、LINEをなさるので?」

八十五歳でスマホを持つとは、お年寄りにしては珍しいと、亜矢子の問いであった。

「ええ。スマホは私からのプレゼント。だからLINEの友人は私だけ。なにしろ高齢の独り暮らしでしょ、何かと心配ですからスマホを持ってもらっているの。一日に一度はLINEで便りを送ることにしています。たとえ返信はなくても、既読になっていれば安心ですから」

昨今、老人の孤独死が社会問題になっている。それを案じての、美樹の配慮と知れた。

「それはグッドアイデアだ。さすが、ナースだけあってナイス！」

仁一郎の寒い駄洒落《だじゃれ》に、亜矢子はフンと鼻先で苦笑った。

「建坪が四十坪もある家に、祖父はたった独りで住んでいるのですよ。そんなことで、月に一度は聴診器を持って診に行くのです」

「頼もしいお孫さんをもって、お祖父さまもお幸せですね」

仁一郎のグラスにビールを注ぎながら、亜矢子の顔は美樹のほうに向いている。

「祖父の家は静岡県の富士野原市にあって、調布からはちょっと遠いけど」

美樹の住まいは、京王線飛田給《とびたきゅう》駅の近くだという。プロサッカークラブFC東京の本拠地『味の素スタジアム』があるところだ。

「そうだ、この名刺にサインいただけますか？　今度行ったとき、祖父に渡そうかと……」

益々嬉しいことを言ってくれると、仁一郎はもう一枚名刺入れから取り出した。

「お爺さんのお名は……？」

「天野清吉《あまのせいきち》といいます。清いに占いの吉と書きます」

仁一郎は、天野清吉様と名を入れて名刺の裏にサインをした。筆ペンはサイン用にと、いつも持ち合わせている。本を持っていれば謹呈するのだが、生憎と手元にはない。一冊持ってきたが、それは今、グッデイ大塚監督のもとにある。


それからおよそ半年が過ぎての、美樹からのＬＩＮＥであった。

「あそこで席が空かなかったら、この話はなかったのよね」

「ああ。まさに、これこそ偶然ってものだ。ところで、いつＬＩＮＥの交換をしてたんだ？」

「仁ちゃんがトイレに立ったとき。一期一会の思い出でスマホをフルフルしたんだけど、まさか家をもらってもらえないかという話になるとは思わなかった」

亜矢子も、美樹の存在は忘れかけていたところであった。そこに、降って湧いた話である。『お家、もらっていただけますでしょうか？』亜矢子は、もう一度スマホの文面を読み直した。

「だけど、何も詳しい要件が書かれてないな。場所がどこかってのは、真っ先に書いてあるのが普通だぞ」

少し冷静に考えれば、奇妙なメッセージである。

「それより何よりも、初めて酒場で隣り合わせた人に、家一軒をもらってくれなんて言うものか？　これはちょっと、首を傾げて読んだほうがいいぞ」

にわかには信じられないといった、仁一郎の口振りであった。このごろ、SNSを使った新手の詐欺《さぎ》も横行している。下手に返事をしないほうがよいと、仁一郎が用心を言った。「ああ、何か裏があるに決まってる」仁一郎が斜めに構えたその最中、亜矢子のスマホの着信音が鳴った。

「LINEが来たわよ」

美樹からの、追伸であった。

『ごめんなさい。先の言葉だけでは唐突すぎましたね。ただ闇雲に家をもらってくださいでは、さぞかし驚かれたことでしょう』

今度はかなり長文である。仁一郎が真っ先に書いてあるのが普通と言っていた、家の所在地と譲渡する理由が書かれてある。まずは『静岡県富士野原市西山上高田〇〇〇』と、所番地まで詳しく書かれてある。そのあとに、譲渡の理由が綴《つづ》られている。

『祖父が半月前に亡くなり……』とまで読んで、亜矢子は顔を上げた。

「美樹さんのお爺さん、亡くなったんだって」

「お爺さんて、天野……そうだ、清吉さんとか言ったな」

その名を思い出すのに、仁一郎は少しの間が空いた。

「へえ、半月前にか。元気そうだと言ってたのに、それは気の毒だ。しかし、そう簡単にお爺さんの家を処分できるものなのか？　しかも、土地付きの家だぞ。飼っていた猫をもらってくれってのとは、大分わけが違う」

浅草の酒場での会話の中で、亜矢子はこんなことを言っていた。「――静岡ってい い所よね。富士山の近くなんかに、住みたいわ」などと。所在地は、亜矢子の願いのど真ん中の富士山の裾野《すその》である。しかし、二人が住む埼玉県の上尾《あげお》市からは、いささか遠すぎる。

「あたし、ここに住みたい。将来のこともあるし……」

「住みたいって、そんな簡単に言うことではないぞ。まずは、すべての理由《わけ》を知ってからだ」

安易な亜矢子の言葉は、仁一郎によってたしなめられた。

ＬＩＮＥには、さらに詳しい理由が書かれてある。それを、亜矢子は声を出して読み進める。

『祖父が亡くなり、家をどう処分しようかと両親と相談しましたところ、神田先生の別宅としてお使いになっていただければと。それが祖父の心情と思い……』

「ちょっと待て、亜矢ちゃん」

仁一郎は亜矢子の口を止めると、パソコンでグーグルマップにアクセスして、所番地を打ち込んだ。地図から航空写真、そしてストリートビューで検索すると立派な一軒家につき当たった。

「ここか……」

家の造りは古そうだ。しかし、なんといってもバックに、白雪を被《かぶ》った霊峰富士が悠然とそびえる雄大な景色に、亜矢子と仁一郎は呆然《ぼうぜん》と見入った。

「かなりの僻地《へきち》か、限界集落に近い所とか思っていたが、まったく違うな」

たしかに最寄駅からは十キロ以上もあって不便そうだが、立地のロケーションが心を刺激する。先日、誰も引き取り手がない空き家のことを、ＮＨＫが特集で取り上げていた。きょう日大きな社会問題となっているが、世界遺産である富士山が借景とあらば、そういった物件とはいささか意味合いが異なってくる。

「……売るにしても、価値がありそうだ」

グーグルの画面を見ながら、仁一郎が呟いた。

「それにしてもこれほどの家を、一度酒場で顔を合わせただけの他人にもらってくれなんてよく言えるな。何か魂胆が……」

「ちょっと待って、その先を読むわ」

首を傾げながら不審がる仁一郎の言葉を、亜矢子が遮りその先を読み出す。

『それが祖父の心情と思い、失礼ながらもＬＩＮＥを差し上げた次第です。家も古く、立地も交通に不便な所ですので資産としての評価額は低く、それに解体にもお金が掛かり、管理もままなりません。ですがそのままにもしておけば、家は朽ちていくばかりで……』

「市街化調整地は路線価格の評価額は低く、家には値がつかないだろうが、人が感じる価値観はみな違うからな。このロケーションなら、買いたいという人もけっこういると思うぞ」

なぜ売却を考えないのか、そこも仁一郎は疑問として突いた。黙っていろといった表情で、亜矢子は先を読み続ける。

『よろしければ家だけでなく、別のところに１００坪ほどの土地があり、それも含めて差し上げたいと存じます』

「おお。そういえば、家庭菜園をやってたって言ってたな」

「ちょっと、いちいちうるさいわよ。最後まで読むから、黙ってて」

亜矢子からたしなめられ、仁一郎は口を閉じた。

『建屋は築40年と古いですが、家の中はリフォームしたばかりで住むには充分と思われます。家具もそっくりそのまま使えますし、いつでも暮らせる状態になっています。もちろん買っていただこうなどとは思っておりません。譲渡の手続きにかかる費用だけご負担いただければ幸いです。そうしていただければ住むなり、他人に貸すなり、売っていただいてもけっこうです。お好きなようになされても、当方から口を出すことは一切ございません』

長文に口が疲れたか、亜矢子はここで読むのを止めた。

「ちょっと、水を飲んでくるわ」

気持ちが高ぶるのか、亜矢子は咽喉《のど》の渇きを覚えて立ち上がった。

「なんだかこの先仕事にならん。だったら、ビール持ってきな」

仁一郎も、咽喉の渇きを覚えたようだ。

350㎖の発泡酒二缶と、柿の種のつまみを盆に載せて亜矢子が戻ってきた。ゴクリと一口うまそうに咽喉を潤し、亜矢子はさらにＬＩＮＥの先を読む。

『ですがいきなりこんな話、ご不審に思われますよね。祖父が亡くなる前に、私にこんなことを言いました。「――神田先生、あの家で小説を書いてくれんかの」と。住んでもらいたいというのはご無理な話です。祖父の遺志は、先生のお役に立ちたいという意味だと私は解釈しています。ですので、いかなるご処分もと言わせていただきました。よろしければ、祖父の願いをお聞き届けいただければ幸いです。ご無理なお願いですが、お返事をお待ちします。長文で、失礼いたしました。松岡美樹』

読み終えて、亜矢子はスマホを待ち受け画面に戻した。壁紙は、子猫の写真である。

「一軒家なら、猫が飼えるのよね」今住むマンションは賃貸で、ペットの飼育は禁止されている。

「あたし、以前からこういうところに住みたかったのよね。猫も飼えるし、犬だって飼える。それに、富士山が素敵。ねえ仁ちゃん、家をいただいてすぐにも引っ越しましょうよ」

亜矢子の気持ちは舞い上がり、すでに富士山に飛んでいる。それと、賃貸の家賃が月々十万減るのも大きい。家計のことが、半分亜矢子の脳裏を支配している。

「おいおい、ちょっと話が早すぎるぞ。それに、とんでもない。いくら風光明媚《めいび》といっても、住むのに不便すぎる。だいいち、仕事に差し障りが出てくる。出版社との打ち合わせは、どうするんだ？」

「旅行がてら、編集さんに来てもらえばいいじゃない」

「冗談じゃない。売れっ子作家ならともかく、落ち目の三度笠《さんどがさ》じゃそんな無理は言えんよ。こっちから東京に出向くなんて、真っ平ご免だしな。仕事はともかく、俺は田舎には住まないよ。呑み屋もなければパチンコ屋もないし、寂しくて堪《たま》らん。住んでも、一週間がいいところだな」

「でも、ゴルフ場は近くにたくさんありそうよ」

「おれは、プロではないからな」

「あたし、家庭菜園をやりたい」

「おれは、蛇や芋虫が大嫌いだからな」

亜矢子と仁一郎の気持ちは、どこまでいっても結びつくことなく平行線だ。

「住む住まないのどっちにしろ、そう簡単にはいかんぞこの話……」

「どういう意味？」

「必ず、すったもんだがあるってことだ」

「すったもんだって？」

「たとえば、相続問題。どういった家族構成か分からんが、意外と厄介なんだぞ、土地家屋の権利関係ってのは、一存ではいかないところがあるからな。現にうちだって、住むか住まないかだけで、もうこんなに揉《も》めてるじゃないか」

仁一郎のほうが、いく分冷静である。

「そうかなぁ。いくらなんでも、そのくらいのこと分かって言ってきてるんじゃないの」

亜矢子が、不服そうな表情を浮かべて異を唱えた。とりあえず、返事はせねばならない。丁重に礼文を添え、現地を見てから決めたいとの答を返した。都合のよい日時に現地にうかがいたいとの申し出には、四十九日の法要が済んでからにしてとの答が返ってきた。

「当然だな」

一月ほどの間があるが、それには二人とも納得をする。そこに、さらなる追伸があった。

『その前にお会いして、詳しいお話をしたいと存じます』

若年にしては丁寧すぎるくらいの文面に、亜矢子はすぐさま返事を送った。会う場所は現地でなく、新宿でということになった。

三

それから五日後の夕――。

松岡美樹とは、新宿京王デパートの正面玄関で落ち合った。再会の軽い挨拶を済ますと、新宿に詳しい亜矢子の案内で、西口の地下街へと潜っていった。

飲食店街に入ると、北海道料理を専門とした居酒屋があった。「こちらにしましょうか？」亜矢子が仕切って、店は決まった。もとよりイクラやウニなどが大好物の亜矢子である。店頭に飾ってあるメニューの値段に仁一郎の顔は不安そうだが、松岡美樹の手前「うまそうじゃないか」と、口では見栄を張った。

四人がけの席は間仕切りがされ、半個室となっていて話がしやすい。亜矢子と仁一郎が並んで座り、向かい合って美樹が座った。

「LINE、さぞや驚かれたでしょう？　いきなりで、本当にごめんなさい」

座るやいなや、美樹が小さく頭を下げて詫《わ》びを言った。再会の挨拶はすでに交わしているので、話は美樹の謝罪からはじまった。

「いいえとんでもない。あれからというもの、主人とはその話題で持ちきりで。どんなお話になるのかと、楽しみに……いえ、ごめんなさい。このたびはお祖父《じい》さま、ご愁傷さまで……」

浮かれた気持ちを抑え、亜矢子は小声でもって殊勝なものへと改めた。

「それで、お祖父さんは何でお亡くなりに……？　浅草でお話を聞いたときには、お元気なようでしたけど」

「はい。そのことでしたら、家のことと関わりがございますので、のちほどお話ししたいと思います」

仁一郎の問いに、静かな語り口で美樹が応えた。そこに、作務衣《さむえ》のような紺絣《こんがすり》のお仕着せを着た女の店員が注文を取りに来た。「とりあえず中ジョッキみっつ」と、美樹の要望も聞かず、仁一郎が注文を出した。それは『自分が払いますよ』という意思表示だと、美樹は以前仁一郎から聞いていた。相手に余計な気を使わせない心遣いだと、そのとき美樹は心憎く思ったことがある。

「お好きなものを、じゃんじゃん頼んでください」

数ページにわたるメニューを開き、仁一郎が美樹に向けて言った。「……じゃんじゃんなんて言って、大丈夫なのかしら？」誰にも聞こえぬほどの呟きで、亜矢子は仁一郎の懐具合を案じた。所帯をもって三年になるが、亜矢子は仁一郎の収入がどれほどあるか分からないし、預金がいくらあるかも知らない。キャッシュカードの暗証番号も教えてくれないし、知ろうとしたこともない。ただ、借金をしていそうで、ほとんど蓄えはないというのはうすうす知っている。以前、そのような電話を誰かとしていたのを、耳にしたことがあった。入籍するとき「あまり、期待はするな」と仁一郎は言っていた。それがお金のことだと分かっても、亜矢子は首を振って答えた。

――あたしは、仁ちゃんの仕事を支えるために来たの。苦労ってのは、一緒にするのが夫婦ってものでしょ。

その気持ちはいつまでも持ちつづけていると、亜矢子は自負している。一緒に暮らして五年になるが、亜矢子にとっては充分すぎるくらいの食費と小遣いを毎月与えられ、生活にはなんらの不足も不服もなかった。

――仕事も忙しそうだったし……。

だがこの一年、仁一郎は金のことを口にするようになってきた。初めのうちは十五万円の定額を渡されるとき「大事に使えよ」との一言があった。賃貸家賃や、水道光熱費はその中に含まれていない。それがこのごろでは「一月の食材なんて、そんなには掛からないだろ」などと、細かなことを口にするようになってきた。十五万が、いつしか十二万円に減らされた。そのころから亜矢子も、そろそろ自分で働かなくてはならないのではと思うようになった。それでもスーパーのパートなんかはしたくない。女優であることが、気持ちの根っ子にある。

そんなことを考えていた亜矢子の耳に「作家先生って、さすが羽振りがよろしいのですね」と、美樹の声が聞こえた。

「浅草のときもご馳走になったし……」

「いや、あれは嬉しくてつい。作家なんてのは浮き草稼業そのもので、たしかに忙しくて良い時期もありましたが、最近は世知辛くてどうも。ご存じのように出版業界は構造不況から立ち直る気配はなく、時代小説も読み手がどんどん齢《とし》を取ってパイが縮小してます。わたしなんぞ、出版社に忖度《そんたく》してようやく仕事にありつくような有り様ですよ。どこの世界でも、楽に飯を食えるのはほんの一握りの人たちだけです」

普段は寡黙な仁一郎だが、このときは饒舌《じょうぜつ》であった。これは、あたしにも言い聞かせているのだと、亜矢子は口を挟むことなく仁一郎の長い愚痴を聞いていた。そんな間にも、生ビールのジョッキが運ばれてきた。店員が料理の注文を取る。亜矢子は大好物であるイクラ、生ウニ、毛ガニなどの高級食材を使った料理には目もくれず「あたしはホッケの塩焼きと、イカの姿焼き」と、いく分抑えて注文を出した。

「松岡さんは……?」

「でしたら、私はジャガバターの塩辛添えを……」

盛り付け写真の右に書かれている値段は、一品料理の中でも一番安価だ。亜矢子は、それを美樹の遠慮と取った。

「もっと、いいものを食べれば」

旦那を見損なってほしくないと、亜矢子はメニューのページをめくって、ほかの料理を美樹に勧めた。

「私、ジャガ芋と塩辛のコラボ大好きなんです。でしたら、イカゴロのルイベもいただこうかしら。そうだ、塩辛とイカゴロは被るから、ジャガバターでけっこうです」

いずれも烏賊の内臓で造った生臭いもので、酒肴《しゅこう》として相応《ふさわ》しい一品だ。注文の仕方から、美樹は相当な酒豪と見て取れる。そういえば、浅草でも相当ハイピッチでビールを呑んでいたと、亜矢子は当時を思い出していた。

つき出しを肴に、美樹はすでに中ジョッキを空けている。

「病院の看護師って、とてもストレスが溜《た》まり、発散するのにけっこうお酒に頼っちゃうのです。だんだん私も、お酒が強くなって……もう一杯、よろしいかしら？」

「どうぞどうぞ……呑んでください」

掌《てのひら》を上に向けて、仁一郎が美樹を煽った。自分のジョッキも呑み干し、店員を呼んだ。仁一郎は、美樹の生ビールと自らのチューハイを頼んだ。このペースに付き合っては大変と、亜矢子は自重気味にジョッキを傾ける。まだ、亜矢子のジョッキには半分ほどビールが残っている。

「看護師のお仕事って、大変なんでしょうね？」

仁一郎の問いであった。

「ええ、とても」

美樹の、愚痴になりそうだ。亜矢子と仁一郎は、前置きとしてそこから話を聞くことにした。そういった話はネタにもなると、仁一郎としては半分取材のつもりであるようだ。

「外来でしたらそうでもないのでしょうけど、私は入院患者の看護をしているものですから。夜勤も多く……ごめんなさい、愚痴などお聞かせするつもりではないのに」

「最近の爺さんはわがままで元気でしょう。すぐに怒鳴り散らして、切れるし……」

「まるで、仁ちゃんみたい」

仁一郎の話に、亜矢子が半畳を入れた。

「そういう患者さんも中にはいますが、大抵はいい人ばかりです。みなさんご病気ですから、不安だったりイライラする気持ちが充分に伝わってきます。それでも我慢をしている様子が、とても健気《けなげ》なんですよ。少しでも患者さんのお役に立てて、ご安心していただければ、それがナースとしての冥利なんです」

「美樹さんて、ナースの鑑《かがみ》！」

「看護師なら、みなさん心得ていることですわ」

そこに、注文していた酒の肴に、生ビールとチューハイが運ばれてきた。炭酸の泡を見つめながら、仁一郎が口にする。

「最近、肝臓の数値が高いからなあ。とくに、γ《ガンマ》－GTP……」

「それって、アルコールの摂取量が影響する数値ですね。一月お酒を我慢したら、数値も低くなりますわ。ですが、ALTなどの数値が高いと脂肪肝ということになります。放っておいたら肝炎から肝硬変、そして肝臓癌《がん》……」

美樹の話を聞いていて、だんだんと仁一郎の顔が憂鬱《ゆううつ》からか、しかめっ面になってきている。

「そういえば、かかりつけの医者から……」

「何か、言われましたか？」

「血液検査で、CA19－9の数値が少し高いと」

「CA19－9ですって？　それは、腫瘍《しゅよう》マーカー……」

いく分体をせり出し、驚く美樹の表情に仁一郎は不安を抱いたようだ。

「ごめんなさい。脅かすつもりはございませんが、早めに精密検査を受けていただいたほうがよろしいかと……こんな話、お酒がまずくなりますわ。お気になさらず、乾杯しましょ」

気にするなというほうが、余計に気になるものだ。「腫瘍マーカーって、なんの……?」と、亜矢子が訊き返そうとするのを美樹の口が止めた。

「カンパーイ」

仁一郎のグラスと美樹のジョッキが合わさり、ガチャッと鈍い音を立てた。亜矢子も、気持ちを取り直し、ビールのグラスを呷《あお》った。

病気の話は場にそぐわない。酔っ払う前にと、話は本題へと入っていく。

四

注文の品はそろった。

呼ばない限り店員は近寄ってこない。ビールを口にするペースを遅くして、美樹が本題への口火を切る。

「先だってのお話、お決めになっていただきましたかしら？」

美樹が、いきなり結論を求めてきた。何においても先走る人だと、美樹の性格の一端を、亜矢子は知る思いであった。

仁一郎が、問い返す。

「富士野原の家のことですか？」

美樹の話は、それしかない。なんてお馬鹿なことを訊くんだと、亜矢子は仁一郎の問いを首を傾げて聞いていた。

「そのことでしたら思案中……というよりも、詳しく話を聞いてからでないと。それに、現地も見てはいませんし、この場で即答とはいきませんでしょ」

ＬＩＮＥが来てから間が空いたこともあり、有頂天であった気持ちは薄れ、亜矢子と仁一郎も、少しは冷静になって考えることができた。

うまい話になんとかという常套句《じょうとうく》もある。警戒半分、乗りが半分といったところで、とりあえず話だけは聞こうということになった。だが、目の前にいる美樹は、微塵《みじん》も怪しい素振りは感じさせない。それについては、亜矢子はこんなことを言っていた。

「――詐欺師というのは、表情から態度まで、絶対にばれるようなことはしない。上手な詐欺師になればなるほど、隙《すき》あらば、聖人君子の振りをして近づいてくるのよ」

いやに詐欺師に詳しいねという仁一郎の問いには「今まで黙っていたけど、あたし、稀代《きたい》の詐欺師とかなりの知り合いなの」と、亜矢子のカミングアウトがあった。十五年ほど前にマスコミを賑《にぎ》わしたMKC事件がらみで、それなら知ってると、仁一郎も記憶にあった。たった一年で、巷《ちまた》から二百五十億円もの金を集めた取り込み詐欺事件である。ずっと以前にその首謀者の妻と、亜矢子は懇意にしていたという。「かわいそうにその奥さんも、亭主に騙《だま》され全財産を絞り取られたんだって」ざっくばらんな、亜矢子のもの言いであった。

まず、金の話を持ち出してきたら、この話は断ろうと二人の間で決めていた。

「まったく先生の言うとおり。今すぐご返事というのは、あまりにもこちらの身勝手ですよね。現地にもまだご案内をしていないというのに」

「正直、あたしたちのほうとしては、まだ半信半疑なのですよね。あの場所と建物でしたら、処分に困るような物件でもなさそうだし……」

やはり、白黒をはっきりさせておかなくてはならないと、亜矢子が眉間に皺を寄せて言った。

「もしかしたら、亜矢子さんは私を疑っておられるのでは？」

「疑《うたぐ》る気持ちは……いえ、正直言えばかなりあります。あまりにもけっこうなお話すぎるので」

亜矢子は率直に、気持ちの奥を明かした。

「それは無理もありませんわよね。初めて会った人から、家をもらってくださいなんて頼まれたら、誰だってあとで怖い思いをすると考えるのが当たり前でしょう。そういう誤解をまずは解くために、今お会いしているのですよね」

ちょっと待ってくださいと言って、美樹はバッグの中から茶色の書類封筒を取り出した。薄く綴《と》じられた、Ｂ５判の書類が三通ある。失《な》くしてはならないと、コピーしたものである。

「これが土地と家屋、こちらが畑の土地の権利書です。これをご覧になっていただければ、ご信用なされると思います。抵当権も設定されていない、まっさらなものです」

表紙に『登記済之権利證』と太文字の楷書《かいしょ》で記されている。仰々しい書類に、亜矢子は目を瞠《みは》って食い入るように見つめている。「……これが家の権利書」初めて見るのか、呟きも聞こえてくる。不動産を取得した者でなければ、無縁の物であった。

「中をご覧になっていただけますか。私、ちょっとお手洗いに……」と言って美樹は立ち上がった。

土地家屋の名義人は、いずれも『天野清吉』となっている。土地家屋の登記された日付は、平成五年六月三十日とある。移転登記された権利証に、疑いの余地はない。これをもらって、名義を書き換えれば土地家屋の権利は自分たちのものになる。ゴクリと亜矢子の、生唾《なまつば》を吞む音がした。

仁一郎が、亜矢子にそっと語りかける。

「これは、本物だな。あの美樹さんには、疑いは微塵も感じられない。正真正銘の、看護師だ」

「どこで、言い切れるの？」

「俺がさっき言っただろ、ＣＡ19－9って暗号みたいなのを。あれを知っているってことは、やはり看護師ってことさ」

「なんの略号なの？」

「腫瘍マーカー、つまり癌のキャリアかどうかを示す数値だ。それで、ちょっと看護師かどうか試してみた。ちょっと疑り深いと思ったけどな、これも自己防衛ってことだ」

「詐欺に遭わないためには、それって必要なことよね。詐欺師って、天使面《てんしづら》をして近づいてくるのが多いから」

「あの人は違う。正真正銘白衣の天使と思っていい」

美樹への疑りは取り除けた。

「あとは、美樹さんから詳しい事情を……」

仁一郎が言葉を止めたのは、美樹が戻ってくる足音が聞こえたからだ。

「席を外して、ごめんなさい。それで、登記証ご覧になっていただけました？」

「ええ、拝見させていただきました。本当にこれを無料《ただ》で、いただけると……？」

権利書を返しながら、仁一郎が問うた。

「はい。もらっていただけるとすれば、祖父の四十九日法要が済んだあとに、譲渡の手続きに入りたいと思っています」

封筒に権利書のコピーをしまい、美樹はバッグの中へと戻した。いかなる手続きを踏めば、予算もたいして掛からずに手際よく譲渡できるか。それは、後に行政書士か誰かに相談すればよいだろう。あとはいただくかどうかの、結論だけだ。そのためには、懸念は取り除いておかなくてはならない。まだまだ訊きたいことが、たくさんある。

「一つ質問、よろしいですか？」

「なんなりと……」

チューハイを、グッと一口呑み込んでから、仁一郎は口にする。

「美樹さんは、天野清吉さんのお孫さんですよね。となると、ご家族の構成によっては、遺産の相続権利から外れると思われるのですが」

「ごもっともです。ですが、そのことでしたらご懸念にはおよびません。私たちも調べた上で、こうしてお話を持ち込んでいるのです。祖母はすでに他界し祖父との子は、私の母と叔父の二人だけです。その叔父もすでに亡くなり、奥さまは再婚なさっております。ですので、相続人は私の母一人となります。その母も祖父の意向を酌んで、家の処分のことは私に任すと」

やはり調べた上でのことだと、亜矢子は少し安心を覚えた。だが、仁一郎にはまだ引っ掛かりがあるようだ。

「亡くなられた叔父さんには、お子さんはいないので？」

「私と同じくらいの齢の、男の従弟《いとこ》が一人いると聞いてます。小さいときに一度会ったのですが、私はその子に嫌な記憶しかなくて。もちろん、顔は憶《おぼ》えてません。叔父は大阪の十三《じゅうそう》に住んでいたのですが、その従弟というのは相当にやんちゃで十六、七のときに家を飛び出したきり、音信不通ってことです。ですから、私たちは気にも留めておりません」

　頭の中で家系図を想像しても、問題はなさそうだ。一つあるとすれば、音信不通の従弟の存在が気になる。法的には、相続権が生じる代襲相続ってことになるのだろうか。そんな疑問で釈然としない仁一郎の表情に、美樹は思いを汲《く》み取ったようだ。

「従弟のことでしたら、お気になさることはありませんわ。母から聞いた話ですけど、叔父は隆志……たかしというのは従弟の名です。その隆志を叔父は、とうの昔に勘当したとのことです。ですからもう、天野家とはいっさい関わりがないと思ってます」

　美樹は一気に言い切ると、ジョッキに四分の一ほど残っていたビールを呑み干した。相続権利に関しては、なんのわだかまりもないといった素振りと、亜矢子には思えた。

「よかったじゃないの仁ちゃん、心配事が一つ減って」

「亜矢子さんは、先生のことを仁ちゃんとお呼びになりますのね。うらやましいです、仲がおよろしくて」

「美樹さん、ご結婚は……？」

　亜矢子の問いに、美樹の答は少し間が空いた。一呼吸おいて口から出たのは「おビールよろしいでしょうか？」三杯目のお代わりであった。結婚生活に思うところがあるのだろう。語りの間が空き、そこに亜矢子は、美樹の心情を感じ取った。

「三年前に、結婚しました。子供はまだいないです。夫は新宿の商社に勤めるサラリーマンですが、親の財産を引き継ぎかなりの資産家です。本当は働かなくてもご飯は食べられるのですが、男盛りでそういうわけにもいかないでしょう。真面目《まじめ》な男ですから。そんなんで、私に仕事を辞めろと言うんです。看護師というのは、時間が不規則な仕事でしょ。夜勤明けの日は家に帰ると、もうそのままベッドにゴロリ。必然家事も疎《おろそ》かになって、夫に不平不満が宿っているのは充分に承知しています。ごめんなさいと気持ちの中では謝っているのですが、口から出るのは真逆の言葉。やはり、仕事のイライラが募っているのでしょうね。そのときの、悲しそうな夫の顔に私は自己嫌悪に……」

美樹の言葉が止まったのは、ビールが届いたからだ。ついでにと亜矢子は自分のビールと、仁一郎のチューハイを追加で頼んだ。

お金があろうがなかろうが、いろいろな事情をそれぞれの家庭は抱えているものだと、つくづく感じる亜矢子であった。「……こんな人生模様を書けば売れるのに」と、亜矢子は誰にも聞こえぬほどの声で呟いた。さらに、美樹の話がつづく。

「私は自己嫌悪に陥って、そのストレスから酒を呷ることもしばしば。もう、こうなると悪循環です。それを押し止《とど》めてくれたのが、祖父なのです。祖父が亡くなって、もうＬＩＮＥが送れなくなったと思ったら、涙が止めどなく……それで私は決心したのです。看護師の仕事を辞めようって。思えば祖父の体を診るために、看護師でいたのかもしれません。モチベーションていうんですか、急にそういう意欲みたいなものがなくなって。ならばこれからは、夫のために尽くそうと思った次第です」

それでもまだ、美樹の気持ちは晴れてはいなさそうだ。翳りのある表情に、思うところが残っているとうかがえる。

「ですが、今はどこも看護師が不足しているでしょ。入院している患者さんのことを思うと、決心したといっても後ろ髪を引かれるのですよね」

踏ん切りが、なかなかつかないようだ。「仁ちゃん、あんた作家でしょ。こういうときに、よいアドバイスをしてあげたら」と、亜矢子が仁一郎にせっついた。新聞の人生相談欄に、作家の答が載っている。しかし、他人の悩み相談に答えるのは仁一郎の一番苦手とするところである。小説なんてのは、みんな無責任の上に成り立っている物語だ。自分の悩みも取り除けないのに、無責任なことは言えないという、仁一郎の持論を亜矢子はよく知っている。それでもこの場は、何か気の利いたことを言ってほしいと、亜矢子は仁一郎の横顔を睨《にら》むように見つめた。その視線を感じたか、仁一郎が口にする。

「だったら、こうしたらいかがですか。美樹さんの、これぞと思う患者さんをお祖父さんと見立て、むろん他の患者さんにエコヒイキにならないように看て差し上げたら。そのお方が退院するまで……いや、それだと余計にだらだらしてしまうか」

やはり無責任だと、仁一郎は自分の考えを取り下げた。

「ありがとうございます。先生のそのお答で、踏ん切りがつきました。私、夫のことも踏まえて前向きに考えてみたいと思います」

今後、美樹がどうするか、それは自分自身で決めることだ。明るみを帯びた表情からすると、きっと答を導き出したのだろう。亜矢子と仁一郎は、そこまで聞くことはないと酒を口に運んだ。


卓の上が寂しくなっていたので、焼き鳥を注文してある。

酒呑みならば、モモ肉にネギマにレバーが定番で、すべて塩焼きである。各三本ずつが大皿に盛られて、卓の真ん中に置かれた。

「それにしても、あれほど丈夫だった祖父が急に亡くなるなんて……祖父は、焼き鳥が大好物だったのです」

焼き鳥には手をつけず、皿の上を見つめながら無量の面持ちで美樹が言った。

「なんでお祖父さまは、お亡くなりになったの？」

　亜矢子が、モモ肉の串《くし》に手を伸ばしながら訊いた。

「くも膜下出血。血圧には注意してと、口を酸っぱくして言っておいたのですが。昔から、塩辛いものが好きでして……」

　美樹の話で、仁一郎は塩がふいているレバーの串をつまむ手を止めた。仁一郎も血圧が高く、降圧剤を毎日服用している。

「ごめんなさい。今このくらい食べたからといって、どうこうなるものではございませんから、気にしないでいただきましょ。私、レバー大好き」

　率先して美樹が、塩気の濃いレバーに手をつけた。

「ところで、先生のサイン名刺を渡したら祖父がとても喜んでました。『おまえ、神田先生と会ったのか！』って、驚いて目を丸くしてましたわ」

「それは、光栄で。あのとき本を持ち合わせていればよかったのですが、生憎と……」

「いいえ、お名刺のサインだけで充分です。浅草でお二人とお会いしてから一週間後、富士野原に行きまして。もう、富士山は五合目くらいまで雪が積もり、景色は素晴らしいのですけど、とても寒かったです。そんなところに、祖父は独り暮らしで……」

　八十五歳になった男性老人の、生前の独り暮らしの実態が美樹の口から語られる。

第二章　借景は富士山

一

天野清吉の家は、静岡県富士野原市の富士山麓《ろく》にある。ほぼ、真西に当たるところだ。

五年前に妻を亡くして以来、敷地およそ六十坪、建坪四十坪の家に清吉は独りで暮らしていた。清吉にとって、ヘルパーだの介護だのというのは、まったく無用な存在であった。年金から差っ引かれる介護保険は不満だと、一家言を持つ側の老人である。その分、毎月一度は看護師である孫の美樹が訪れて、健康診断をしてくれる。それが清吉にとっての、楽しみであった。

晴耕雨読の老後生活。ルーペをかければ、まだまだ文庫本の文字くらいは読み取れる。時代小説をこよなく愛する、すこぶる感心なご老人である。とくに神田仁一郎が贔屓《ひいき》で『日陰同心裏御用』のシリーズ十五巻は、全《すべ》て読破している。八十代半ばにして医者知らず。なお意気は揚々、軒昂《けんこう》そのものであった。

　昨年五月のこと――。

　陽春の光を浴びる、穏やかな朝であった。まだ頂上に残雪の冠を被る富士山に向けて、二拍一礼の挨拶をしてから天野清吉は軽トラックのハンドルを握った。軽トラックの荷台に農具を載せ、夏野菜の植え付けに菜園へと向かうところであった。菜園での野菜の生育は、生きるための糧《かて》である。およそ百坪の土地を耕し、十数種類の野菜を栽培している。この日はジャガ芋と枝豆などを植え付けし、長葱《ながねぎ》や春キャベツなどを収穫して帰る予定であった。三日後に孫の美樹が来るので、収穫野菜を持って帰すつもりである。都会は野菜が高いと言って美樹の喜ぶ顔が、清吉の元気の源でもあった。

　菜園は、家から二キロほどのところにある。そこまでは、清吉自らの運転だ。

　運転免許証の返納なんて、一度たりとも考えたことがない。いや、今免許証がなくなったら、むしろ死活問題である。五キロ先にある、スーパーへの買い物にも支障をきたす。安全のために食を絶やすことにでもなったら、それこそ本末転倒である。免許証を取得してから、六十年になる。大型のバイクにだって乗れば乗れる。これまで無事故無違反の、ゴールド免許が清吉の自慢である。昔は救急車を運転していたこともあり、車を動かすことに、絶対の自信を持っていた。

高齢者の認知機能検査は、なんの問題もなくパスしている。清吉は、自分だけは絶対認知症にならないと思っている。『――認知症対策には、本を読むのが一番だな』と認識しているだけでも、脳波は正常である。そこにもってきて、家庭菜園は体を丈夫にする。真冬でも、雪が積もらない限り畑に赴き、農地の管理に余念がないほど体は鍛えていた。筋肉も、同年代の人と比べたら隆々としている。

「――さて、行くとするか」

清水エスパルスの応援キャップを目深に被り、清吉は軽トラックのエンジンをかけた。ボンネットがないので、視界は広い。アクセルとブレーキを踏む足の先に、すぐ地面が見える。富士山の、裾野を一周する道に出ると北にハンドルを切った。菜園は、名所である白糸の滝の先にある。そこまで行くのに、信号が二か所ある。手前の信号は、二車線同士の、界隈《かいわい》では比較的大きな交差点であった。

ラジオから流れる昭和の流行歌《はやりうた》に合わせ、清吉が鼻唄《はなうた》を鳴らしながら交差点に差しかかったときだった。

ブァーーンと、耳をつんざくほどのクラクションが聞こえ、清吉は急ブレーキをかけた。その瞬間、四トンの荷台を載せたトラックが目の前を通り過ぎ、そして止まった。運転手が、怒り心頭に発した面持ちで車から降りてくる。

「危ねえじゃねえか。どこ目をつけて、運転してやがる！」

怒号凄《すさ》まじく、ガラス窓を突き抜け聞こえてきた。そのとき初めて、清吉は自分の側が赤信号であったことを知った。

もし車にボンネットがあって、速度も時速30キロを超していたら、急ブレーキは効を奏しなかっただろう。それほど、スレスレであった。

齢を取れば、スピード感覚が若いときとは遥かに鈍る。視野も格段と狭まり、時速30キロのノロノロ運転でも、かなりの高速に感じるものだ。冷や汗を掻《か》きながら清吉が「申しわけない」と謝ると、これからは気をつけろと運転手の強い口調が返った。

そしてトラックは、不機嫌そうな排気音を立てて去っていった。

ブレーキとアクセルを踏み間違え、建物に突っ込んだニュースは、昨今毎日のようにマスコミで流されている。悲惨な事故になりかねない赤信号の見落としは、それにも匹敵する、深刻なしくじりである。

酒が進むも、しっかりとした美樹の口調である。

「そんな危ない目に遭った三日後に、祖父が私に打ち明けてくれたのです。運転免許どうしようかと、相談があってもいったいどうしたらいいのか。返納してと言葉にするのはすごく簡単なんですが、だったら生活はどうするのって問題になって……」

話題は家のことから、いつしか老人が抱える問題へと入っていた。

「誰かが一緒に暮らせればよいと世間の人は口にするけど、できる人はいいですが、生憎と近親者は母と私だけ。母は嫁の立場から家を出られませんし、私も月に一度訪れるのが精一杯。多少無理をして、二度行ったことがありますが、ローテーションがきつくて。それに、まったく動けなくなっての介護ではありませんし、とりあえず問題は車の運転だけですから、気をつけて乗りましょうということになって……」

「これほど大きな問題になってるのに、行政はなんとかしてくれないのでしょうかねえ。市の運営で、市内循環バスを出すとか。わたしらの住んでる埼玉の上尾では、どこからでも100円で乗れて降りられる『ぐるっとくん』てのがありますよ」

「人が多い市街地でしたらそれもあるのでしょうが、人口密度の少ない場所までは路線を延ばさないのでしょうね」

「そういうところほど、足が必要だってのに。これじゃみな、都会に住みたくなるわけだ。過疎化対策は、こういうところへの気遣いからはじまるってのに。つまらないところに、税金を使いやがって」

仁一郎の憤りは、国の政策にもおよんだ。

「歩いて十分のところにバス停があるので、口にすらしてくれません。買い物はなんとかなるのですけど。でも、バスに畑を耕す農具は持ち込めないでしょ。楽しみを奪われたら、ご老人はみな生きる意欲を失いますわ。それに、ご老人にとって、歩きの十分はきついでしょう。でも、我慢をしなくてはいけないのも、国民の義務なんでしょうね」

美樹の話を聞いていて、亜矢子は思っていた。

――もしこの家に住んだとしても、快適に暮らせるのは仁ちゃんが達者でいるときだけ。免許を返納したら、たちまち路頭に迷う。ならばあたし、免許を取ろうかしら。

「もうこの話は、よしましょ」

亜矢子が思っていたところで、美樹の声が聞こえた。

「私たちがここでどうこう言っても、解決できる問題ではございませんものね。祖父も亡くなったことだし、交通事故の心配はなくなりましたわ」

美樹が言っても、社会問題としては根深く残る。「それぞれ家庭や生き方に、異なった事情がある限り、拭《ぬぐ》いきれない永遠の課題だな」と、仁一郎の呟く言葉が亜矢子の耳に入った。

ほどよく酔い、腹も満たされてきたが話は尽きない。

亜矢子はそっと腕時計を見たが、まだ宵の八時を過ぎたばかりだ。湘南新宿ラインの終電までは、かなりの余裕がある。

「美樹さん、お時間は……?」

「京王線はかなり遅くまであるので、ぜんぜん大丈夫です。夫には、遅くなると言ってありますから」

大事な話でなければ場所を変えて、歌でも唄いながらとなるのだがそうもいかない。まだまだ聞いておかなくてはならないことがある。呑むペースを遅くし、軽いつまみを注文して、最後までこの場所を借りることにした。

呑むほどに、美樹は饒舌になってきた。天野清吉のことが、さらに詳しく語られる。

「祖父は八王子の消防署に勤めてまして、救急隊に属してたのです。定年になる前の年に、知人から安く富士野原の家を買って……」

退職すると同時に、八王子を離れ妻の房江《ふさえ》と共に移り住んだ。そこを買ったのは、富士山の景色に一目惚《ぼ》れしたからにほかならない。それと、清吉の道楽であるヘラ鮒《ぶな》釣りが楽しめる田貫湖《たぬきこ》、精進湖《しょうじこ》、西湖《さいこ》は車で三十分以内にある。ゴルフも嗜《たしな》み、富士山麓にはカントリークラブもたくさんある。老後は、思う存分楽しむんだと意気込んでいた。消防署で体は鍛えてある。家庭菜園は、七十歳になってから始めた。二東三文で、百坪の土地を手に入れられたのがきっかけであった。農作業は未経験であったが、そこは本を参考にしての独学であった。近所の農家の方に教われればと、妻の助言があったが、清吉の唯一の欠点は偏屈なところである。人との煩《わずら》わしい関わりが嫌で、田舎に移り住んだと言ってもいい。ご近所との親交は、妻の房江が主に請け負っていた。

自分の手で農地を耕し、初めてできた胡瓜《きゅうり》に清吉は無上の喜びを覚えた。そのころからである。ヘラ鮒釣りやゴルフから、清吉の道楽は菜園一辺倒となった。快適な老後は十五年ほどであった。一歳年上の妻房江が、軽い認知症と診断されたのは十年ほど前である。清吉七十五歳で房江七十六歳での、老々介護のはじまりであった。その二年後に、骨粗しょう症をも患っていた房江は、ちょっとした出っ張りに足を引っ掛け転倒し、脛《すね》の骨を折って以来車椅子《くるまいす》生活となった。介護保険のサービスが受けられるが、清吉はそれを断り、自分で妻の面倒を看るようになった。元救急隊員としての、頼れるところがあれば、遠慮せずに頼ればよいと、孫の美樹の助言があったが意地もあったのだろう。

「――連れ合いの面倒は、てめえで看るのが夫ってものだろ」とつっぱる。お祖父ちゃんの偏屈と、孫の美樹に詰《なじ》られることもあったが、清吉は頑として拒んだ。以後、妻房江の看護は、清吉一人の手に委《ゆだ》ねられた。

二階建ての階下をバリアフリーにリフォームし、病院への通院もヘルパーを頼ることはなかった。中古のワンボックスカーを買ったものの、車椅子の房江を車に乗り降りさせるのが一苦労であった。近所の人が見るに見かねて手助けをするも「余計な手出しをしねえでくれ」と、どこまでも偏屈であった。近所の人も負けじと返す。「あんたを助けるんじゃないよ。あたしは奥さんのために手助けをするのさ」と言われれば、清吉の偏屈も引っ込む。

食事の世話から下の世話まで、何から何まで清吉は妻に献身的であった。

「このときほど元救急隊員であったことがよかったと、祖父が言っていたのを思い出します」

美樹の話を黙って聞いていた亜矢子は、ふっと小さなため息を漏らした。齢の差から、いつしか自分が仁一郎の面倒を見ることになる。同じような境遇になったら、自分でそこまでの介護ができるかと、自問したようなため息であった。

「下の世話までやったんだってよ、偉いもんだ。亜矢ちゃんは、俺に対してそこまでできるか?」

亜矢子の気持ちを見透かすような、仁一郎のもの言いであった。

「できるに決まってるでしょ」

美樹の手前答えたものの、はたしてどうか。実際にそうなったら、亜矢子はそこまでの自信はもてていない。

「私は毎日、身内でもない患者さんのオムツを取り替えています。下の世話なんて、慣れてしまえばなんてこともございません。人の生理現象を嫌がっていたら、とても看護師なんて務まりません」

亜矢子に向けて、言い含めるような美樹の口調であった。もし万人が美樹の話を聞いたとしたら、どれほどの人が受け入れるだろうか。自分はもしかして、仁一郎を置いて逃げるかもしれない。そんな思いが脳裏をよぎり、亜矢子は思わず頭を振った。

――あたしはそんなに非人間ではない。

いく度もいく度も、亜矢子は自分に言い聞かせた。

二

下の世話の話をしながらも、平気な顔で美樹は焼き鳥を頰張《ほおば》る。

二十歳以上も年下だが、亜矢子は、看護師というよりも女の強さを美樹に感じていた。

「祖母の認知症がさらに進んで、亡くなる一年前はほとんど何も認識できなくなって……」

それでも清吉は、妻の介護に手を抜くことはなかった。そんな折、房江の肝臓に癌ができているのが発見された。肝臓癌はB型肝炎か、肝硬変が進行してもたらされる場合がほとんどだが、体質によっても侵されることがままあるという。自覚症状もないうち静かに進行し、発見されたときはステージⅣ《フォー》であった。胃や肺への転移も見られるが、高齢のため進行は遅かった。そのとき清吉は、医師から究極の選択を迫られていた。

「――延命治療をいたしますか?」

年齢からして手術は無理だが、抗癌剤で進行を遅くすることならできる。断れば、房江の死期は早まることになる。世話が辛《つら》くて断ったのだと、世間から言われたくない。自分が人殺しになるような、そんな罪悪感にもとらわれる。どうしたらよかろうと、思い悩んでいるところに美樹の来訪があった。美樹の助言を聞こうと、清吉は自らの思いを語った。

「そのとき私は、祖父にこう答えました。人の尊厳に関わることだから一概には言えないけど、自分はこう考えていますと」

美樹の考えが語られる。亜矢子と仁一郎は、固唾《かたず》を呑んで聞き入る姿勢を取った。

「本当に辛いのは、当人のお祖母《ばあ》ちゃん。癌て、大変な病気ではあるけど、時として救ってくれる場合もあると思ってます。脳が侵され何も思い出せず、さらに寝たきりとなった方が、それでもずっと生き長らえなくてはならないって、もし自分がそうだとしたら、想像しただけでも耐えられませんでしょ。そういうお方に限って、内臓が丈夫な人が多いのですよね。死ぬに死にきれず、でもこの国では安楽死は許されてません。看病するご家族の苦労も、並大抵のものではありませんし。心のどこかで……いえ、みなまで語れませんわ」

美樹の重い話は、亜矢子と仁一郎の心にも響いた。近い将来、けっして自分たちに可能性がないとは言えない。

美樹の話がつづく。

「看護師をしていてそんなとき、癌て便利……便利なんて不謹慎ですが、本当にそう思うことがあります。今は痛み止めの薬も発達し楽に……」

それ以上は人の思想に関わることなので、滅多に口にできないと美樹は言葉を止めた。

「祖父には最後まで、私の考えを聞いてもらいました。そうしましたら肩の荷が下りたのか、涙を流して言ってくれました。『ありがとうよ』って……」

語る美樹の声が、くぐもって聞こえる。語る辛さを隠すように、美樹はビールを呷った。

「その祖母が五年前に亡くなったとき、私は祖父に言いました。長い間、ご苦労さまでしたって。そしたら、祖父はなんと言ったと思います？」

美樹の質問に、亜矢子と仁一郎は無言で首を振った。

「そしたら祖父は『別にご苦労でもなんでもねえ。夫婦だから当たり前のことをしただけだ』って。一緒になって五十五年、その間に二人の子を産んで育て、半世紀以上の歳月の上で育《はぐく》んだ絆《きずな》がそう言わせるのでしょうね」

美樹の言葉の節々に、含蓄が感じられる。二十歳以上も離れた年下が放つ言葉に、亜矢子は恥じる思いでうつむいた。

「その祖父も、今はもういない」

独り言のような、しんみりとした美樹の語調であった。

「もう一杯、いただこうかしら」

暗くなる気持ちを払拭《ふっしょく》するように、美樹は繕うような笑みを顔に浮かべた。少し丸めの顔だが、笑顔はチャーミングである。きれいというより、可愛《かわ》い子系の顔立ちであった。「――この子は、人に好かれるタイプ。患者さんも安心するだろうな」人の顔を見るたびに、性格を占うのが亜矢子の癖でもある。先ほどまで詐欺師と疑っていたのが、嘘のような評価であった。


これ以上呑んだら帰路に差し障りが出ると、それぞれ締めの一杯を頼んだ。

美樹の呂律《ろれつ》は乱れていない。それより、さらにペラが回ってきている。恐るべき酒豪だと、亜矢子は脱帽する面持ちとなった。

「祖父って頑固でしょ。祖母が亡くなったあとは、何から何まで、自分でやらなくては気が済まない性質《たち》。というよりも、けっこうシャイなんですよね。ご近所の人たちの心配にも、余計なお世話とつっぱっちゃったりして。だから私、内緒でお隣の電話番号を聞いていたんです。祖父にはスマホを持ってもらい……」

清吉と、スマホで毎日LINEを交わし合っていたことは、以前聞いたことがある。仁一郎はそのとき、いいアイデアだと言っていた。

「どんなコメントを出しても『ああ』とか『うん』と、一言の返事があります。それが既読だけとなると、こちらから電話して『どうかしたの?』と訊けば、返事の声が聞けて安心できます」

清吉を、孤独死させないための美樹の配慮であった。

「毎日電話をしてもいいのだけど、それって二人とも互いに煩わしいでしょ」

それでも週に一度は、電話でもって生の声を聞くことにしていた。

「意外と声のトーンで、そのときの健康状態が分かることがあるのですよね。祖父が亡くなる一週間ほど前、こんなことがあったのです」

LINEを送ると既読になるが、返信がない。電話をかけると、清吉の言葉に心なしかもつれを感じた。ちょっと、頭が痛いと言う。気になった美樹は、翌日非番であったことから車を飛ばして、富士野原へと向かった。調布から中央高速道路で河口湖に向かい、富士の樹海沿いをぐるっと半周するのがいつものルートであった。道が混んでいなければ、二時間ほどで着ける。それでも看護師と主婦の両立をこなす身では、月に一度清吉に会いに行くのが精一杯であった。だが、少しでも異変を感じたならば、何を差し置いても飛んでいくことに美樹は決めていた。

実際に清吉に会ったら、思ったより元気であったのに美樹は安心を覚えた。だが、そのとき交わした会話が美樹には気になる。余計な心配はしないでいいと、いつもは強がる清吉が、普段とは違う切り出し方をしてきた。

「――なあ美樹、この家のことなんだが……」

清吉が、家の話をするのは初めてであった。

「もし俺に万が一のことがあったら、この家の処分を美樹に任せてえんだ」

遺言みたいなもの言いが、美樹には途轍《とてつ》もなく不吉に感じられた。「いきなり何を言い出すの？」と返すも、清吉の表情は穏やかであった。

「万が一の場合って言っただろ。今すぐの話じゃねえから、安心しろ」

生まれは上野近くの下谷車坂《したやくるまざか》なので、言葉にべらんめえ調が残っている。齢を重ねるごとに、江戸弁が顕著に表れていた。

「分かった、お祖父ちゃん」

美樹は、黙って清吉の話を聞くことにした。

「たいして資産価値もねえが、俺にとっちゃ愛着がある家だ。本当なら、美樹に住んでもらいてえと思ってんだが、そうもいかねえだろ」

「ええ。今住んでいるのは持ち家だし、あたしの一存でここに住むわけにはいかないわ。夫の仕事もあるし……」

「そんなんで、誰かにもらってもらおうなんて思ってんだが」

「誰に？」

ちょっと待ってろと言って清吉は立ち上がると、部屋の隅にある文机《ふづくえ》の引き出しを開けた。そして、一枚の紙片を取り出すと美樹の膝元《ひざもと》に置いた。

「これって……」

浅草のくじら料理が有名な酒場でもらった、神田仁一郎のサイン入り名刺であった。

「この人が、この家で小説を書いてくれたらこんな嬉しいことはねえんだが」

「お祖父ちゃんが嬉しいって言ったって、神田先生が承知するかどうか。ご自分の家だってお持ちでしょうし……いや待って。そういえば先生の奥さん、富士の裾野に住みたいとかなんとか言ってた」

「この名刺をもらったとき、美樹もそんなこと言ってただろ。それで、俺は思いついたんだ。富士山を眺めながら、時代小説を書いてもらうのはどうかってな」

「でも、いくらなんでも……」

清吉の勝手な言い分だと、美樹は首を傾げた。

「いや、無理して住んでもらわなくたっていいんだ。煮ようが焼こうが、どんな処分をしてもかまわねえってことよ」

――そうか。お祖父ちゃんの江戸弁は、神田先生の時代小説の台詞《せりふ》が影響してるのね。

浅草で顔を合わせたあと、美樹は初めて神田仁一郎の作品を読んだ。それは、江戸時代の下町情緒がふんだんに溢《あふ》れる、人情物語であった。

そういえば神田仁一郎の両親も、太平洋戦争時の空襲で焼け出される前は、神田岩本町の仁丹《じんたん》塔の近くに住んでいたという。筆名も、そこから取ったというのは、人によく言う話である。

「煮ようが焼こうがじゃなくて、住もうが売ろうがってことよね」

「そんなこたあどっちでもいいが、とにかく神田先生にもらってもらいてえのよ。住むのが嫌なら、売っ払って食い扶持《ぶち》にしてもらったってかまわねえ。あの先生の作品には俺も存分に楽しませてもらったからな、こっちも何かの役に立ちてえってことさ」

「お祖父ちゃんの気持ち、よく分かりました。お相撲で言う、タニマチってことよね」

「タニマチか、うめえことを言うな。だけど、今すぐじゃねえぞ。俺に万一のことがあってからだ」

「当たり前じゃないの。神田先生に声をかけるのは、まだまだずっと先よね」

口にはするものの、美樹がふと抱いた予感は、看護師が持つ独特の勘からくるものであった。だが、祖父天野清吉との対話がこれが最後になろうとは、そこまでは思ってもいない美樹であった。


ここまで話したときに、ビールが運ばれてきた。

中ジョッキも五杯目になる。さすがに一気呑みとはいかず、美樹は一口含ませジョッキを卓に置いた。

これほど熱烈なファンがいることを知るも、仁一郎の顔に綻《ほころ》びはない。この後の美樹の話が、容易に想像できるからだろう。亜矢子と仁一郎は、グラスに口をつけることなく、話のつづきに耳を傾ける。

「それから一週間後でした。虫の知らせというのでしょうか、仕事明けにLINEを送ったけど、既読になってません。電話をかけても、呼び出し音が鳴るだけ。何かあったと感じ、すぐにお隣に連絡したのです。何かあったときにと、合鍵も預けてありました」

隣人が駆けつけると、居間に清吉が横たわっている。すぐに救急車を呼んだと、美樹に連絡が入った。夜勤明けであったが、眠いのを我慢して富士野原へと向かった。すでに定年退職した父親畑山謙一《はたやまけんいち》と共に、美樹の母で清吉の娘である聡子《さとこ》もすぐに駆けつけるという。美樹の両親の家は、八王子にあった。

富士野原の市民病院には、聡子のほうが先に着いていた。すでに聡子は、医師から容態を聞いている。

「お医者さんは、くも膜下出血ですって」

美樹が到着すると、聡子は目に涙を浮かべ首を振りながら言った。美樹は看護師らしく、担当医に掛け合い詳細を尋ねた。

「発見は早かったのですが、出血が脳内を覆ってどうにも手がつけられず……こちらに運ばれたときは心肺停止で、残念ながらご危篤の状態でした」

美樹はナースとして、医師の傍らでいく度も同じような言葉を聞いた。今はそれを、逆の立場となって美樹は聞いていた。

三

富士野原の斎場で、葬儀には親族だけが参列する密葬で執り行われた。

八人兄弟の次男であった清吉の兄弟は、四人生存して東京近辺に暮らしている。一番下の弟はまだ七十二歳と若いので、自分で運転をしてきている。ほかの三人は、家族の運転手つきであった。

「聡子ちゃん、ご無沙汰《ぶさた》……」

清吉への哀悼《あいとう》よりも先に、久しぶりの再会を喜ぶ挨拶は、みな聡子の従兄弟《いとこ》にあたる人たちで、美樹にとっては初めて会う親族であった。聡子の、亡くなった弟の身内とは連絡が取れず、当然ながら誰も来ていない。

「伯父さん、急でしたねえ。ご愁傷さまです」

聡子に近づいてきた、五十歳前後の男がいた。祖母の葬儀のときには、美樹の見なかった顔であった。清吉の、すぐ下の弟の長男で、聡子の従兄弟の中でも一際恰幅《かっぷく》がよく、押し出しが利いている。清吉とは、伯父と甥《おい》の関係になる。

「あら悟《さとる》ちゃん、ご立派になって。今、どちらにお住まいなの？」

「東京の麻布十番で、不動産屋をやってます」

駐車場に止まっている真っ白なベンツは、この天野悟という聡子の従弟が乗ってきたのを美樹は見ていた。代表取締役と役職の書かれた名刺を、聡子に向けて差し出した。

「きょうは、親父《おやじ》とお袋を車に乗せて来ました」

「お忙しいところ、ご苦労さまです」

従兄弟同士のやり取りを、美樹は傍らで聞いていた。

「この子は、私の娘で美樹といいます」

聡子が美樹を紹介した。

「はじめまして、松岡美樹と申します」

美樹が一礼をした目前に、名刺が差し出された。「天野悟です」と、言葉が添えられたところで「そろそろお式がはじまります」と葬儀社の人に促され、悟との話はそこまでとなった。

火葬場で荼毘《だび》に付された清吉の遺骨は、独りにしておくわけにはいかないと、四十九日の法要まで聡子の家に安置されることになった。富士山の裾野にある霊園に、すでに妻の房江が眠っている。四十九日法要後は、清吉の遺骨もそこに埋葬されることになる。

温《ぬる》くなったビールを一口収め、美樹の長い話はここまでであった。

「まあ、そういう経緯《いきさつ》があったわけです」

夜も十時を過ぎ、そろそろ電車の時間を心配しなくてはならないころ合いとなった。高崎方面湘南新宿ラインの、新宿発終電は早い。どこで呑んでいても、十二時前には駆け出さなくてはいけないところから『シンデレラ列車』とは、仁一郎が何かのエッセイで使った言葉だ。寝台列車のシンデレラエクスプレスとは違った、皮肉の意味が込められている。

仁一郎の顔が、だらしなく緩んでいる。

「どうしたの仁ちゃん、ニヤニヤしちゃって気持ち悪い」

「いや、美樹さんの話の中にあった『タニマチ』という言葉を思い出してな、これほどのファンがいたのだと思うと、つい嬉しくなっちまって。本当に励みになる」

「神田先生に、あの家をもらっていただくのは、祖父の遺志でもあるのです。いかがでしょう、もらっていただけますか？」

そう言う美樹の話で、心の中では亜矢子も仁一郎もすでにその気になっている。だが、決めるにはもうワンクッション置かなければならない。

「とにかく、家を見てから考えさせてください」

仁一郎は、即答する気持ちを抑え美樹に返事をした。

「ごもっともでございます。それでは、四十九日が済みましたら……」

「ちょっと、待って。あたし、その家をもらいます」

美樹の言葉を最後まで聞かず、亜矢子が身を乗り出して言った。

「おい、現地を見てからでも遅くはないだろ」

「いいえ、もうこの場で約束したいの。美樹さんと、あたしの気持ちはもう固まってるんだから、仁ちゃんは何を言ってもダメ。美樹さん、もうお約束ですからね」

「はい、分かりました。法要が済むまで、祖父の霊はあの家に宿ってますから、登記証の受け渡しはそれが済んでからということで。家の中の片付けや、いろいろ手続きもありますので、二月後くらいに富士野原でお会いしましょ」

契約書のない口約束が、ここで交わされた。

「ちょっと一つだけ、いいですか？」

仁一郎の問いが、美樹に向けられる。

「お祖父さんて、遺言書を残していたのですかね？」

「仁ちゃん、もうそんなことどうだっていいじゃない。家はもらえることになったんだし」

「まあ、念のために聞いておいたほうがいいと思ってな」

仁一郎が、亜矢子を宥《なだ》めるように言った。美樹の表情は、心配することはないといった笑みが浮かぶ穏やかな顔である。

「それなら、ご懸念されることはございません。遺言書はなかったですけど、祖父の財産はほとんどなくて、あるのは家と土地だけ。その相続人は、母一人です。先日父を交え、三人で話し合ったのですが、祖父の遺志どおりにするのが供養だろうとの結論になりました。どれほどの価値かと、後学のために土地の不動産屋さんに訊《たず》ねたら、三百万円にはなるそうです」

「そんなに！」

価値があると分かり、亜矢子が目を吊り上げて、驚く表情となった。

「こりゃ、ただでもらうわけにはいかんな」

「ですが、先だってのメールに書きましたとおり……」

解体費用も掛かるし、固定資産税や不動産取得税、贈与税など、諸々経費が掛かってくる。三百万で売れたとしても、手元に残るのはせいぜい百万くらいである。

「でしたら気持ちよく、先生に別荘とかで使っていただいたほうがよろしいかと。使える家具や家電はみんなそろってますし、八年前にバリアフリーにリフォームしたとき、外装も塗装をし直して、充分に住めるようになってます。祖父は、けっこうまめに家の修繕など、自分でしておりましたから。ですが、あそこを売るとなると更地にしなくてはならないらしいのです。建物の評価はまったくのゼロということですから」

美樹の言いたいことは、これで充分把握できた。ますます亜矢子は乗り気になった。売るというよりも、絶対にそこに住もうと口には出さず、心は富士の山麓に馳《は》せていた。

「そうだ……」

仁一郎が、思い出したようにポケットからスマホを取り出し画面を開いた。腕時計をしていないので、時間はスマホで見る。

「もう、十一時だ。そろそろ、帰らんと……」

美樹とのこの夜の話はここまでとなった。

会計をすると、消費税込みで一万五千八百七十六円であった。仁一郎はそれを、クレジットカードで支払った。

二月後の再会を約束して、美樹は京王線の改札口へと向かった。あれだけ呑んでも、歩く姿はしゃんとしている。美樹の姿が見えなくなるまで、亜矢子と仁一郎は見送った。

新宿十一時三十三分発高崎行きの湘南新宿ライン最終電車は、身動きができないほど混んでいた。

「二万円たらずで、一軒家が手に入ったわね」

豊満な胸を仁一郎の体にくっつけながら、亜矢子がしてやったりというような笑みを浮かべている。

「馬鹿やろ、そんなんで済むか。なんだかんだ、家を手にするってのは金がかかるんだぞ。俺の知ってる行政書士に、そのへんのことを聞いてみるけどな」

「どのくらい、かかるのかしら?」

「五、六十万は用意しないといかんだろ。家を買ったことがないんで、なんとも分からないけどな」

「そのくらいなら、なんとかできるよね」

「ああ……」

キャッシュカードの残高を思い浮かべたか、仁一郎の生返事であった。ため息の混じりで仁一郎の心内を、亜矢子はうすうす気づいていた。

乗客の七割方は、スマホをいじくるのに余念がなく、満員電車の中は異様なほど静かである。

「あたし、すぐにでも富士野原の家に住みたい。もう、埼玉なんかにいるの嫌」

酔いもあるので、亜矢子の声は一際大きい。電車の中は、ほとんどが埼玉に帰る人たちである。周囲の数人が、睨むような視線を向けた。

「電車の中で、そんな話するんじゃねえ。迷惑だから、静かにしてろ」

周囲の乗客に聞こえるように、伝法な口調で仁一郎が亜矢子をたしなめた。それでも興奮冷めやらず、亜矢子の口は止まらない。元々酒が入ると、なお更おしゃべりになる。

「彼女、お酒が強かったね。あんなに呑んで、帰りの電車大丈夫かしら?」

「だいじょぶだろ」

周囲の目を気にする仁一郎の返事は短い。

「それでどうするの。仁ちゃんは、住むの住まないの?」

「その話は、家に帰ってゆっくりしよう」

「今すぐ、返事が聞きたい」

物をねだるような亜矢子の口調に、さすがに恥ずかしくなったか仁一郎は体を反転させた。背中を向けた仁一郎の腕を、亜矢子はいやというほど抓《つね》った。

「痛《いて》っ！」

仁一郎の悲鳴が無言の車内に轟《とどろ》くと、さらに多くの乗客の鋭い視線を浴びた。


富士野原にすぐにでも引っ越したい亜矢子と、端《はな》から住む気がない仁一郎の意見は真っ二つに割れた。

賃貸マンションの最上階に戻っても、しばらく話は尽きずにいた。夜はさらに更け、日付けも変わり夜中の二時になっても、住む住まないのバトルはつづいた。いつまでたっても結論は出ず、限《きり》がつくことはない。

「俺は仕事があるから……」

たいして酔っていないからと、亜矢子から逃げるように仁一郎は仕事部屋へと潜り込んだ。ノートパソコンを開き、きのう書いた部分を読み直している。

最上階といっても、四階建てである。たいした夜景を望めるわけでもないが、亜矢子はベランダに出て外を眺めた。酔いが残る頬に、当たる夜風が心地よい。冬の晴れた日なら、白雪を被った富士山を遠く望むことができる。富士山の見える方向に、亜矢子の顔が向いている。

「歳を取ったら、賃貸は大変。持ち家の方が、安心できるというのに……」

そんな願ってもない、家を手に入れる絶好のチャンスが訪れたのである。しかも、タダで。こんな機会は絶対に逃すべきではないというのが、亜矢子の言い分であった。

よほど金を貯めない限り、これから家を買うのは容易でない。仁一郎の作品がベストセラーとなって、天から降ってくるほどの印税を手にしない限り不可能であろう。だが、仁一郎を取り巻く仕事環境は、よい方向に回っているとはいえない。ほとんど蓄えもなく、これからの老後を生き抜くとなると安穏とはしていられない。

これから二十年生きたとして、生活にかかる費用は六千万が最低でも必要になると書かれた、雑誌の記事が亜矢子の脳裏に甦《よみがえ》る。六千万を二十年で割ると年間三百万円しか使えず、月三十万円以内での、ギスギスの生活が求められる。

今の家賃は、およそ十万――。

「とてもじゃないけど、無理ね」

独りごちる亜矢子の脳裏を、またも『老後破産』という言葉がよぎった。不快な響きのある言葉だが、最近テレビでよく耳にする。間抜け面したコメンテーターなる者が、他人《ひと》の気持ちをおもんぱかることなく薄ら笑いを浮べ「老後破産には気をつけてくださいよ」なんて、したり顔して言う。さも、我が身には関わりがないといった調子だ。気をつけたからって、どうにもならないのはどうにもならないのである。

それが身に降りかかるのはまだまだ先のことだと、亜矢子はとらえることにしていた。そうすれば、少しは気分も楽になる。幸いにも、仁一郎の仕事はそれなりに継続している。やはり、これまで九十冊近く上梓《じょうし》したキャリアは伊達《だて》ではない。不安定な職業ながらも、体さえなんともなければ定年がなく、いつまでもつづけられる仕事である。現実に、八十歳を過ぎてからヒット作を飛ばしている作家はいくらでもいる。七十歳を過ぎてからデビューして、百万部以上のメガヒットを放った作家もいるくらいだ。仁一郎に大化けを求めるのは無理としても、低め安定ではいられると、亜矢子の心にはまだいく分の余裕があった。

「持ち家があれば、さらに安心できるのに」

作家というのは、どこにいたって仕事はこなせる。今はパソコンで小説を綴《つづ》り、書き上げた作品は添付メールで送りつけることができる。推敲《すいこう》、校正のやり取りは、翌日届く宅配便が便利である。沖縄に住んで、東京の出版社とやり取りをしている作家だっている。作家クラブの名簿を見ると、地方住まいがかなりいるのも事実だ。富士山の裾野の富士野原なんてのは、それに比べたら近いほうだ。打ち合わせで不便と仁一郎は言うが、あの環境なら遊びがてらに編集者たちだって来てくれる。たまには仁一郎のほうから出向き、東京の空気を吸ってきてもいいではないか。そう考えれば、何も高い家賃を払ってまで埼玉に固執することはない。

「どうして仁ちゃんには、そんな道理が分からないんだろ？」

考えると、憤りが湧いてくる。

「パチンコ屋とか呑み屋がなくて寂しいなんて言ってたけど、そんなものとは早いとこ、おさらばしやがれっての」

伝法な言葉で大声を出したかったが、真夜中である。呟くような独り言で、亜矢子は自重した。

四

翌日から亜矢子は動いた。動いたといっても、古い知人に電話をするだけである。

「ご無沙汰してます。宇奈月亜矢子ですが、憶えてますか？」

芸名が、亜矢子の通り名である。必要な場合以外は、本名を口にすることはない。

むしろ本名を名乗れば「どちらさん？」と、問われるのが落ちだ。

亜矢子の電話の相手は、西湖の湖畔でペンションを営む佐伯恒夫《さえきつねお》という男であった。佐伯は、亜矢子の元彼の友人で、いく度か西湖まで行ったことがある。もう十年以上も会っておらず、久しぶりに声を聞く。

〈おお、ご無沙汰……〉

電話の向こうから、聞こえる声は野太い。

「電話番号が違ってなくてよかった。相変わらず、太ってるの？」

以前会っていたときは、体重が百二十キロ近くある巨体であった。相撲取りのように肥えた体を、亜矢子は受話器の向こう側に思い出した。

〈少し減らして、それでも百キロはあるな。体重を訊きに電話したのか？〉

「いえ、そうじゃなくて……」

〈まあ、いいや。亜矢さんの声を久しぶりに聞くけど、最近は何か映画に出たのか？〉

「この間、映画監督からオファーがあって役をもらったの。上映されたら、観に来てくれる？」

〈もちろん行くけど、いつごろ封切りだ？〉

西湖から、わざわざ来てくれることもなかろう。社交辞令と思いつつも、その答はありがたかった。

「まったく、未定。それより、ちょっと相談があるんだけど」

〈久しぶりに電話をかけてきて、相談か。いったい、どんなことだ？　金ならないぞ〉

「そうじゃなくてね、佐伯さんの周りに富士山麓の不動産に詳しい人いる？」

〈いるってよりも、俺も不動産の仲介をしてるけど、藪《やぶ》から棒にいったいどういうことだ？〉

佐伯はいわば、富士の裾野の不動産ブローカーでもあった。宅建の免許は持たないまでも、不動産の物件があれば業者に紹介し、コミッションを取るという仕事もやっている。そこまでやっているとは知らなかった亜矢子は、これぞうってつけの男だと、家の話をすることにした。

「実は、白糸の滝の近くにある家をもらったの」

〈えっ、もらったって……〉

佐伯の声は、甲高い響きをもって聞こえてきた。

〈亜矢さんは今、どこに住んでるの？〉

「上尾」

〈あげおって、埼玉のか。ずいぶんと離れてるけど、こっちに誰か縁者でもいるのか?〉

「ええ。きのう新宿でその人と会って、もらう約束をしちゃったの」

〈もらう約束をしちゃったのって、そんなに簡単な話なのか?〉

「もっとも、そこまで辿《たど》り着くにはいろいろな事情が絡んでるけど、そんなことはどうだっていいでしょ」

〈まあ、そりゃそうだ。それで、俺に何をしてくれってんだい?〉

「暇だったら、その家を見てきてほしいの。お祖父さんが独りで住んでたんだけど、先日亡くなって……四十九日の法要が済むまで、家に入るのは遠慮しているの。まだ一月以上あるでしょ。その前に、どんな様子か知れればと思って。西湖からは、近いんでしょ?」

〈白糸の滝というと、上井出のほうだな。そこなら、三十分ほどで行ける。詳しい住所、分かるか?〉

訊かれると思い、亜矢子の手にはメモが用意されている。「いいですか? 富士野原市……」亜矢子が伝えると、相手から復唱が返った。

「グーグルの、ストリートビューにも写ってるから観てくれる？　それから、佐伯さんの電話はスマホなの？」

〈ああ。ずっと前から、スマホに換えてる〉

「だったら、ＬＩＮＥはつながるかしら？」

〈ＬＩＮＥだってフェイスブックだって、なんだってやってるよ。ブログも立ち上げてるし『前浜荘』で検索すれば、うちのペンションが見られる〉

前浜荘とは今流の名ではないが、佐伯自体が古風な男である。もう、六十をいくらか越えたあたりと、十年前の顔に皺を二、三本つけ足して、亜矢子は佐伯の顔を想像した。

〈昔世話になった、亜矢さんの頼みだ。あとで、見てきてやるよ。今はちょっと忙しいんで、十日ばかり待ってくれ〉

ゴールデンウィークも終わり、ペンション経営がそんなに忙しいとは思えない。多分に佐伯の見栄もあるのだろうと、亜矢子は踏んだ。

「ごめんなさいね、お忙しいのに。もちろん、都合のよいときでいいのよ。それじゃ、よろしくお願いします」

見えない相手に一礼して、亜矢子は電話を切った。

それから、三日ほど経った五月の中ごろ。

真夏を思わせる気温の上昇に、市の広報ツールである街頭放送が、熱中症の注意を呼びかけている。市役所の出先機関が近く、建屋の屋上につくスピーカーから、やたらとうるさい音量で響いてくる。騒音防止条例というのがあるのなら、公共機関からなんとかしてもらいたい。

熱中症注意のすぐそのあとに、八十歳になるお婆《ばあ》さんの、行方知れずを報《しら》せる放送が、警察署からの報せとして届いてきた。チャイムが鳴って「迷子のお報せをいたします……」から「お心当たりの方は、上尾警察署までお報せください。電話番号は……」まで、三分以上の長い放送を繰り返し二回する。「お年寄りでも、迷子と言うのか……」高齢者に、敬意《リスペクト》の欠片《かけら》もないコメントと騒音に、腹を立てている人は多いかもしれない。実際に、放送では迷子とは言っていない。『迷い人』と言っているはずだが、癖のある発音は迷子と聞こえる。しかし、誰も文句を言わないのは、街頭放送を必要としている人もいるからだ。人道的な配慮から、公共が放つ騒音には、我慢をするしかないのだ。

人口およそ二十二万人の上尾市でも、一月に二度は『迷い人』を報せる放送が流れてくる。最近になって、とみに多くなったように感じる。六十五歳以上が、四人に一人の時代。高齢化社会が、急速に進んでいることが、それだけでもうなずける。

「それでお婆さんが見つかれば、よしとするか。それにしても、認知症で徘徊《はいかい》する人ってかなり多いのね」

亜矢子が独りごちたところに、仁一郎が戻ってきた。この日は降圧剤の薬をもらうのと、定期健診でかかりつけの村田医院に行っていた。

苦虫を嚙み潰したような、浮かない表情をしている。

「何かあったの？」

仁一郎の異変にすぐに気づき、亜矢子は開口一番訊いた。

「すぐに病院に行って、精密検査しろって。なんだか、ＣＡ19－９の数値が高いんだって」

「ＣＡ19－９って、聞いたことがあるわね」

「ああ。美樹さんが看護師かどうか試したときに言った。血清腫瘍マーカーの記号で、それが基準値より高いと、癌の可能性があるってことだ。あのときは試すつもりで言ったけど、本当に数値が高いとは思わなかった」

ＣＡ19－９の基準値は０～37とされ、膵臓《すいぞう》、胃、大腸などの消化器系が癌に侵されると数値が高くなって表れる。仁一郎の数値は、50を少し超えた値になっていた。

「山里医科大病院の紹介状をもらってきた。すぐに、行けって」

宛名《あてな》書きに『山里医科大病院　内科担当川野先生御侍史《おんじし》』と記されている。膨らんだ茶封筒と御侍史と宛名に書かれた表記が、事の重大さを感じさせる。

「明日にでも、行ってみたら」

「ああ、そうする」

不安が募るのだろうか、八十五キロもある仁一郎の丸い体が、いく分小さく亜矢子には見えた。

「そんなの、たいしたことないよ。数値が高いったって、それほどでもないんじゃない」

素人の勘で、亜矢子はものを言った。腫瘍マーカーという言葉さえ知らなかったけど、慰めるにはそこを突く以外にない。「ああ、そうだな」と、気のない返事をして仁一郎は仕事部屋へと入っていった。そして、三十分もしないうちに出てきた。表情が、先ほどよりも明るくなっている。

「今ネットで調べてみたんだが、その数値って癌が進行すると、数百にもなるんだってさ。それにそのときの、体の状態によっては、多少の誤差もあるんだと」

うから」

「でしょ。でも、検査はすぐにも行ったほうがいいね。癌は、初期の発見が大事とい

腫瘍マーカーの50という数字は、素人ながらも癌の初期段階ととっていた。

仁一郎は、村田医院に行ったあとでいつも口にする。「たった三分の診察に、千四百五十円も取りやがる。三割負担だから医者の売り上げは、四千八百三十円だぞ。診立てといえば、運動しろとグレープフルーツを食うなだけだろ。それで四千円以上も儲《もう》けるんだから、医者ってのはボロいもんだよな。だもの、あんな豪邸だって建てられるよ」と、ブツブツ文句を垂れている。なんでグレープフルーツを食べてはいけないのと質問すると「グレープフルーツに含まれる成分が、降圧剤に悪影響して急に血圧を下げすぎてしまう。そうなると、けっこうやばいらしいよ」と、仁一郎は聞いてきた薀蓄を語った。

「そんな村田先生にしては、ずいぶんと大袈裟《おおげさ》だよな」

「癌と疑えたら、医者として当然じゃない。もし見逃していたとしたら、大変な責任問題になるのよ。普段はグレープフルーツを食べちゃダメなんて言ってるけど、こういったときのためのかかりつけのお医者さんってこと」

翌日の朝さっそく仁一郎は、車で二十分ほどのところにある、山里医科大病院に赴

いた。

五

病院から仁一郎が帰宅をしたのは、午後の三時ごろであった。三時間ほど待たされ、ようやく内科医の川野と会えたという。スーパーでもらうような、ビニール袋をぶら下げて帰ってきた。

「買い物でもしてきたの?」

「いや。これは、大腸の内視鏡検査のための強烈な下剤で、腸の中を空っぽにする薬だ。あれを飲んでから、いついつにこれを飲めって、面倒臭い説明があった。検査は、五日後に予定している」

憂鬱な面持ちで、仁一郎は言った。

『一病息災』という言葉がある。一病に気をつけるがため、ほかの病気にも気を遣い、かえって健康になる。そのような意味を含む言葉である。仁一郎に一病があるとすれば、血圧が高いことだろうか。でも、それがはたして病気といえるものかどうか。生まれてこの方、大病とは縁がなかった仁一郎である。それだけに、心に重くのしかかっているのだろう。その気持ちは、痛いほど亜矢子にも通じた。

「検査して、なんでもなかったら安心じゃない。これまで、自覚症状は何もなかったんでしょ?」

「癌は、自覚症状が出たらほぼ手遅れっていうからな」

「それは、いい加減な情報だと思うけど。できる場所によっては、そうとも限らないでしょ。でも、今は医学が発達して、初期の癌ならすぐに治っちゃうそうよ。そのための検査だと思ったらいいわ」

「だが、最近ちょっと血便が出る」

「痔《じ》かもしれないでしょ」

「そうだな」

「心配のストレスのほうが、よっぽど体に悪いよ」

亜矢子の言葉に救われたか、仁一郎の表情がいく分明るくなった。

そして、五日後——。

「あたしも一緒に行こうかしら」

「そんなの一人で行くよ。小学生じゃあるまいし、いいから家で待ってろ」

たかだか検査に付き添いが来るなんて、男としての名折れだとの、仁一郎の口調であった。「――本当は、一人じゃ心細いくせに」口ではでかいことを言うが、意外と小心者だと亜矢子は思っている。そんな思いがよぎり、亜矢子の顔から苦笑いが漏れた。

内視鏡の検査予定は、午後二時であった。今朝から、いく度トイレに駆け込んだろうか。腸の中をすっかりきれいにしたあと「車の中で、下りっ腹にならんか心配だな」と言い残し、仁一郎は病院へと向かった。

夕方五時を過ぎても、仁一郎は戻ってこない。

「電話くらいよこしてもいいのに」

亜矢子も落ち着かなくなり、天ぷらを揚げる火を止めた。心ここにあらずで、火事になるのを気遣ったからだ。それほど、重い憂いであった。結局、仁一郎が帰宅したのは外が暗くなりかけた、六時半ごろであった。

「ずいぶん遅かったのね。それで、どうだった？」

仁一郎の顔色をうかがいながら、亜矢子が恐る恐る検査結果を訊いた。

たった一言が、返る。

「がん……」

「えっ？」

仁一郎の力ない声に、亜矢子は思わず訊き返した。

「直腸に近い大腸と、肝臓に癌ができてるらしい」

「二か所も！」

もしやということは亜矢子も脳裏に留めていたが、まさか二か所にできているとは思ってもいない。

「それって、転移ってことなの？」

「肝臓のほうは、疑いってことだ。だけど、大腸のほうはやばい」

「やばいって、どうやばいのよ？」

「内視鏡検査は自分でも見られるから、はっきりと潰瘍《かいよう》ができているのが分かった。医者に言わせると、それは大腸癌だって」

「…………」

いざとなると、絶句して亜矢子は何も言えない。

「内視鏡のあとは、エコーだのＣＴ検査だので、こんな時間になっちまった。おかげで、二万六千円も取られた」

「お金じゃないでしょ。それで、どうなるの？」

「あしたまた、病院に行く。今度は外科医の先生を紹介された。どうなるかは、その先生と話し合わなきゃ分からん。亜矢ちゃんも一緒に行ってくれ」

「もちろん、行くわよ。それで、何時？」

「午前十一時に、予約してある」

一口に癌と言っても、どれほど進行しているのか。モニターの画面だけでは、詳細は分からないらしい。だが、見た目の大腸癌は、相当進行していそうだ。肝臓にも1センチほどの、それらしき影がある。転移となると、ステージⅣ《フォー》。考えれば、目の前が真っ暗になる。ふぁーと一つ、亜矢子は大きなため息を吐《つ》いた。

「内視鏡検査って痛いと思ってたけど、意外とそうでもなかった。ボールペンくらいの太さのカメラをけつの穴に突っ込まれんだが、その瞬間てけっこう気持ちがいいんだよな。俺って、そんなケがあったのかな？」

「何を馬鹿なこと言ってるのよ」

暗い気持ちを払拭《ふっしょく》するための、冗談だと分かっている。仁一郎の軽口を咎《とが》めながらも、亜矢子の両眼から大粒の涙が零《こぼ》れ落ちた。

「泣くことなんかないだろうに。まだ、どうなるのか分からん先のことに、いちいち落ち込んでたって仕方ないだろ。なるようにしかならん。こういうときは、馬鹿を言って笑っているのが一番さ」

——あんたが一番辛いだろうに……。

仁一郎の、楽天的なもの言いに、亜矢子はいくらか気持ちに安らぎを感じた。それでも、心の重さは心底から抜けたわけではない。

寝つかれず、亜矢子は真夜中に起きた。時計を見ると、午前二時をいくらか過ぎたところだ。

水を飲もうと廊下に出ると、仁一郎の仕事場の明かりが漏れている。仁一郎の執筆は、夜中から朝にかけてである。ものを書くのに音が一番大敵だと、デビューしてから夜中に書くスタイルは変わっていない。なので、夜の七時半には床について一度睡眠を取る。そして、十二時ごろに起きて仕事に入るのがパターンであった。

耳を澄ますと、カタカタと音が聞こえる。端末を打つ音だ。

「……こんなときでも、仕事をしてるの？」

三日ほど前に「——月末までに、一作入稿しなくてはいけないからな」と言っていた。締め切りが、迫っている。

呟きながらノックをしようとしていた手を、亜矢子は止めた。以前、塞《ふさ》いだ気持ちを紛らすには、物語を考えているのが最良の方法だと聞いたことがある。今、没頭してパソコンのキーボードを叩いているのを思うと、邪魔はできない。そんな気持ちの中から、どんな物語が生まれるのだろう。作家というのは凄《すご》いものだと、改めて思いながら、亜矢子はコップ一杯の水を呑み干そうとしたそこで、ふと脳裏をよぎったことがある。「えっ！」と声を出して、水を飲む手を止めた。その拍子にコップを落としそうになったが、かろうじて堪《こら》えることができた。

仁一郎の病気で気持ちが塞いでいたところに、それとは別の憂いが、矢のように亜矢子の胸に刺さった。

「これから、いくらかかるの？」

こんなときにお金のことなんて、不謹慎かもしれない。でも、対策だけは立てておかなくては、病気とも闘えなくなる。癌の手術って、何百万円もかかると聞いたことがある。がん保険なんて入っていない。入っているのは、埼玉県の県民共済だけだ。それも、二口だけ。六十五歳を過ぎたら、掛け金も制限されている。入院保障だって、いくらもつかない。「それで、どんだけ賄えるの？」貯金だって、ほとんどないと、仁一郎は言っていた。

「いったいこの先、どうしたらいいの？」

真綿で首を絞められるように、不安が亜矢子を攻め立てる。頭を抱えたそのとき、仁一郎の言った言葉を亜矢子は思い出した。「——どうなるのか分からん先のことに、いちいち落ち込んでたって仕方ないだろ」

水を飲み干すと、少しは気分が和らいだ。どんなに気を煩わせたとしても『なるようにしかならん』ということだ。そんな文言を、仁一郎はどこかの作品に書いていた。これまで気が小さい男と思っていた仁一郎を、亜矢子は見直すような心持ちとなった。

「それでも言ってることは、細かいことばっかり」

村田医院の診察料のブックサを思い出し、亜矢子はクスリと苦笑いした。

午前十一時の予約時間の、三十分前に病院に着いた。

どんな話になるのか戦々恐々として、普段おしゃべりな亜矢子も、黙って待合所の椅子に腰掛けている。仁一郎は、まったく言葉もない。どんなに強がりを言っても、ときたま漏れるため息に心の内部が表れている。予約時間の十一時はとっくに過ぎ、一時間ほど待ったそのとき「受付番号三八五番の〇〇さま……」と、お呼びがかかった。本名でも大声では呼ばれたくない。とくに、病院ではなおさらだ。

診察室に入ると、四十代半ばと見える外科医が、パソコンのモニターに目を向けている。画面は、内視鏡に写った腫瘍の部分を開いている。一昔前なら、こういった癌の告知はしなかったのだろうが、病気の世界も時代が変わっているのだと、あからさまに感じられる。

おもむろに、外科医の顔が向いた。ローデンストックの銀縁メガネをかけ、細面《ほそおもて》の神経質そうな顔立ちである。いかにも、ドクターといった感じだ。

「〇〇さんを担当することになりました、外科医の新庄《しんじょう》と申します。これから一緒に頑張っていきましょう」

口調に、人を包み込む安心感がうかがえる。

「きょうは、お嬢さんとご一緒に……」

「お嬢さんではございませんわよ、先生」

「これは失礼。あまりにも、お若くおきれいなので」

冗談とも、本気とも取れる新庄の驚く表情であった。それで一気に、緊張していた場が和んだ。看護師も口に手をあて、笑いを堪えている。不機嫌そうなのは、仁一郎一人であった。患者の緊張をほぐすための演技だとしたら、この先生に頼ってもよいのではないか。癌と立ち向かうには、患者と医師の信頼関係が何よりも大事と、病院に来る前に亜矢子は親しい知人から心得を授けられていた。

神経質そうな顔が、むしろ頼もしく思えてくる。亜矢子の、新庄外科医に対する第一印象であった。

「内視鏡のデータを見ますと……」

画面をスクロールしながら、ドクターが語りだす。

「この部分が、癌ってことになりますね」

風邪を患ったくらいの、なんとも安直なもの言いである。たいしたことはありませんよと、もって回った言い方に取れる。安心を促してくれたのなら、ありがたい。だが、薬を飲んで放っておいても治る病気ではない。

「手術で摘出するのが、最良の方法かもしれませんね。ただ……」

言ったきり、次の言葉が出てこない。

六

いつの間にか、画面はCT検査のデータに切り替わっている。モノクロの画面は、肝臓を写し出している。

「左葉《さよう》の上部に、薄い影が見えるでしょう」

肝臓薬のテレビCMで、肝臓の形は分かっている。だが、左葉と右葉に分かれているのを、亜矢子は初めて知った。仁一郎は、体を前にせり出し、食い入るように画面を見つめている。

「もしかしたら、転移かもしれません」

断定しないのは、もっと細かい検査が必要だからというのが理由であった。きのう受けた検査データだけでは、うわべしか分からないとのことだ。

「ですが、両方とも原発ってこともありえます」

「転移と原発って、どっちがいいのですか？」

亜矢子が、恐る恐る訊いた。

「それは、原発のほうがよいに決まってます。転移はステージが進行しているってことですからね。今のところ見当たりませんが、ほかの個所にも癌細胞が飛んでいる可能性が大です」

天と地ほどの違いがあるようだ。原発であってと、亜矢子は心の内で拝んだ。

「しかし、一どきに二つの個所に、原発で癌ができるなんて、すこぶる珍しいことです」

「でしたら研究対象として、学会で発表されたらどうですか？」

この期におよんで、仁一郎から軽口が出た。

「それほどのことではありませんよ」

仁一郎の提案は、軽くいなされた。癌と告知されれば、大概の患者は打ちのめされたように悲痛な面持ちとなる。だが、仁一郎の口から出た冗談に、ドクターはメガネの奥から小さく笑いを浮かべると同時に、うなずく仕草を見せた。この患者なら、癌と闘えるとでも思ったのだろうか。

「とりあえず、もっと詳しい検査をしませんと。これからMRIとPET検査を受けていただきます。そのあとどういう処置を施していくかは、それを見た上でということにしましょうか」

「今日でしょうか？」

「いえ。予約をしないとなりませんので、今日というわけにはは。これから日程を調べますので……」

「MRIとかPET検査って？」

「より詳細に、癌を調べる検査と言ってよいでしょう」

細かいことを説明するほど、医者は暇でない。

「家に帰って、パソコンで調べよう」

まだ質問を投げたい亜矢子であったが、仁一郎によって止められた。

「そうしていただけたら、よろしいかと」

亜矢子は、気になっていることをここで切り出すことにした。気持ちが咎めるものの、知らないほうがもっと体に毒だ。

「先生に、どうしても訊きたいことがあるのですが、よろしいですか？」

「なんなりと、どうぞ」

「もし、入院して手術となるとどれほど……？」

「おい、先生に訊くことではないぞ」

亜矢子の、場違いの質問を仁一郎がたしなめた。だが、新庄医師の顔が綻《ほころ》んでいる。

「いや、いいのですよ。よく訊かれるご質問です。体の次に、それが一番心配ですよね。でしたら、健康保険の限度額適用認定を受けたらよろしいですよ」

経済的に余裕のない人が、決められた自己負担額を支払えば入院、手術を受けられるように保障された制度である。その限度額も、所得に応じて額が決められるという。入院と手術にいかほど費用がかかるか、それも大きな悩みであった。病気に縁がないと、そういうことにも無知である。

「詳しくは、ご加入の健康保険組合でお訊きになればよろしいですわよ」

傍らにいた看護師が、丁寧な口調で教えてくれた。

入院、手術になっても数百万という金は用意しなくても済みそうだ。仁一郎の所得だと、八万円台が自己負担限度額となる。入院となると、ほかにもいろいろと費用が嵩《かさ》む。『備えあれば憂いなし』とはよくできた戒めだが、仁一郎にその備えはなかった。

検査の結果は、やはり癌は大腸と肝臓の二か所にできていた。摘出手術を施せば、根治する見込みがあるとの診断であった。ただし、肝臓癌が転移によるものかどうかは、さらに調べてみないと分からない。もし転移ならば、胃にも肺にも転移しているかもしれないのだ。抗癌剤とか放射線などの治療が、さらに必要となってくる。転移でないのを、ただただ祈るだけだ。

手術は、二回に分けて行われることになった。いずれも数時間を要する大手術なので、同時にはできない。体力を考え、一月空けて施術されることに決まった。それぞれの手術に、最短でも二十日の入院が必要と見込まれる。いくら限度額の適用があるといっても、かかる費用はそれだけではない。印税の売り掛けでなんとかなると高を括《くく》ったが、それは安直な考えであった。

仁一郎から家の経済状態を聞かされ、亜矢子は愕然とする。

「病院にかかる費用はなんとかなると思うけど、おそらく術後も体調を整えるまで一月は仕事ができないだろう。入院でおよそ二か月かかれば、なんだかんだ三月以上は休業しないとならんな」

「そんなに……」

「それだって手術が成功して、転移ではないとした上での話だ。もし、転移だとしたら、その後も治療は必要となってくる。抗癌剤を打つようになったら、副作用で小説を書くどころではないかもしれん。もっとも俺は、抗癌剤を打つつもりはないけどな。そうにでもなったら、潔く覚悟を決めているさ。死期を前にした作家の生き様なんてのを書くと売れるぞ……きっと」

薬の影響で小説が書けなくなるよりも、死ぬまで仕事のほうを全うすると屈託のない笑いを含ませ、仁一郎は言った。

「だけど……」

仁一郎の顔から笑みは消え、憂いのある渋味をもった。

「三か月も仕事ができないとなると、今来ているオファーを二つ飛ばさなくてはならないからなあ。問題は、そのあとだ」

「そのあとの、問題って?」

「仕事がこっちに回ってくるかどうかだよ。俺が癌を患ったことは、出版社にも知れ渡るだろうさ。そんな大病人に、仕事を振ってくれるかどうか。お体のほうが心配ですと、変な気を回されたとなったら、収入は途絶えることになる。兵糧《ひょうろう》攻めでもって、お城は崩壊よ」

捨て鉢になったような、仁一郎のもの言いであった。

「そんときは、そんときじゃない。だったらあたしが働いて、仁ちゃんを守ってあげる」

「働くって、B級映画の端役女優じゃ、そんなにギャラはもらえんだろうよ。弁当代くらいしか出ないんだろ。かといって、スーパーのパートでは追いつけんぞ。もちろん、俺も極力踏ん張るけどな。このまま落ちぶれるだけは、なりたくないさ」

「仁ちゃんが頑張れば、あたしも頑張る」

「頑張るって、どうやって?」

「これまで仁ちゃんに、隠してたことがあるの。実は、あたし……」

いざとなったら、やはり気持ちは怯《ひる》む。どうして今まで話しておかなかったのだろうと、後悔が亜矢子の頭の中をよぎった。

「どうした？　言いたくなければ、言わなくてもいいぞ。誰だって、人には言えない隠し事の一つや二つはある。それが、たとえ夫婦であってもな」

引けば押してくる、亜矢子の性格を仁一郎は見抜いているようだ。それが引鉄《ひきがね》になって、亜矢子は口にする。

「実はあたしずっと以前、ニチエイ映画の女優として桃色映画《ピンク》に出ていたことがあるの」

亜矢子は一気に言い放った。だが、仁一郎は顔色一つ変えず、反応はまったくもってない。

「なんだ、そんなことか。それだったら、うすうす分かってたさ」

「えっ。どこで、分かってたの？」

「亜矢ちゃんは、自分じゃ気づかなかっただろうが、けっこう業界用語みたいなのが言葉の中にあったからな」

「怒らないの？」

「何を、怒る必要がある。むしろそんな女優を嫁さんにもらうなんて、男冥利に尽きるってもんさ。世間の人はいろいろ言うかもしれないが、俺が気にしなきゃかまわんだろうよ」

——この人は優しい！

亜矢子は益々、仁一郎の優しさを感じ取った。

「だったら、どうして今まで訊いてこなかったの？」

「そっちが言いたくないことを、訊いたところでどうする。俺だって、内緒にしていることはたくさんあるしな」

「あたしも言ったのだから、仁ちゃんも言ってよ」

「だったら、二つばかり。一つは、キャッシュカードの暗証番号。これはあとで、教えてあげるよ」

「いいわよ、別に教えてくれなくても」

「なんでだ？」

「なんだか、遺言を聞くようで嫌」

首を振って、亜矢子は眼に涙を浮かべた。

「それともう一つ。俺は、二十年ほど前仕事に失敗して、多額の借金をした」

「失敗ってどんなこと？」

「ちょっとしたアイデア商品を作って、それを大々的に売って儲けようとしたんだが、それがさっぱりダメでな。真っ先に金庫を買ったのが、間違いの元だった。そのとき作った借金を、今、印税でもって順に返している。まだ、義理を返しきっていないが、こうなった以上……」

「もういいわ。それでお金がないことは、あたしも知ってた。だから元の稼業に戻って、あたしが稼ぐ。知り合いのプロダクションの社長に、もう頼んであるの」

亜矢子は、平気で口に出せた。だが、仁一郎の反応は思うところとは違った。

「いや、それだけはダメだ。もう、そんなのには出るんじゃない」

「なんで？　今、理解があるようなことを言ったじゃない」

「独りだったら、そりゃいくらでも出演したってかまわんさ。だが、今は俺の……そんなこと、させられるわけがねえだろ。そんなことはもう二度と口にしないで、胸の中にしまっておけばいい」

「だったらこれから先、どうしてったらいいのよ」

癇癪《かんしゃく》を起こしそうになったが、亜矢子は踏ん張って思い止《とど》まった。

「人間《じんかん》いたるところ青山《せいざん》あり。なんとかなるってことさ」

いつもお気楽なことを言って、仁一郎は誤魔化《ごまか》す。でもなぜか、今は亜矢子の耳にその言葉は心地よく聞こえていた。

「……この人、逆境になればなるほど強くなるみたい」

仁一郎に聞こえぬほどの声で、亜矢子が呟いた。借金まみれになるほど、人生のどん底を歩いてきた男である。どれほど辛酸を嘗《な》め尽くしてきたことだろう。それが小説の世界で立ち直り、借金を返していけるほどの作家となった。そんな男に、またまた挫折が巡ってきたのだ。

――さあ、どんな立ち直りをあたしに見せてくれるの？

亜矢子は、心の中で呟いた。

第三章　なんと、価値は二千万

一

人間、前向きになれば、知恵も湧いてくる。

「そうだ仁ちゃん、お金を作るいい方法があった。なんで気がつかなかったんだろう」

仁一郎の病気に気が回り、亜矢子は失念していた。

「すごく最近のことなのに、すっかり忘れてた。富士野原の家、もらったらすぐに売るってことにしたらどうかしら?」

売却しても、なんら口出しはしないと、松岡美樹は言っていた。

「これって、美樹さんのお祖父さんが助けてくださるってことじゃないかしら」

だとしたら、好意はありがたく受け取ろう。亜矢子の心の中に、一筋の光明が差し込んできた。だが、仁一郎の反論にあった。

「売ったところで、たいしてならんだろうが。百万くらいしか、利ざやは出ないんだろ。しかも、贈与税とか名義書き換えだとか解体の費用は、こっち持ちだぞ。更地にしたところで、土地がすぐに売れるとは限らんしな。そんな先行投資する金が、今どこにある？　これからの手術代だって、工面しなくちゃいけないってのに」

「先に二百万近くもかかるんじゃ、やっぱりダメかあ」

もうそろそろ、西湖の佐伯から連絡が届くころだ。十日ほど待ってくれと言っていた。しかし仁一郎の言葉で、亜矢子は住む気も、売る気も失《う》せていた。逆に、断ろうかという気持ちも芽生えてくる。

そんな矢先に、亜矢子のスマホに着信があった。佐伯恒夫からだった。

〈亜矢さんか？〉

挨拶の言葉も交わさず、気の高ぶりを感じさせる佐伯の声音であった。

〈見てきたよ、家……〉

「いかがでした？」

〈売れるね〉

「そりゃ、売れるでしょう。でも、相当安いみたいよ」

〈そいつは、実際に見てから言ったほうがいいな〉

「どういうこと？」

だんだんと、亜矢子の声も上ずってきている。お互いが、甲高い声でのやり取りとなった。

〈外観を見ただけだが、建物はきちんとしてる。外装は、塗装をしたばかりだろうから見栄えもいい〉

「七、八年ほど前に、塗り直したって言ってた。家の中もバリアフリーにリフォームしてあるって」

〈建物の基礎がしっかりしてそうだから、まだまだ充分に住める。ということは、家にも値がつくってことだ〉

明るい話題だ。亜矢子は、耳にくっつけるようにスマホを握った。

「いくらぐらいで売れそう？」

声も、震えを帯びてきている。

〈いや。俺は不動産屋じゃないんでなんとも言えんが……〉

「地元の不動産屋さんでは、価値は三百万くらいだって。そこから譲渡にかかる費用とか解体費用とか税金なんかを差っ引くと、売ってもたいしてならないらしいよ」

〈そういったもんじゃないな。なんなら、俺の友だちの不動産屋に査定させてみようか？　世田谷で店を出している奴《やつ》なんだけど、富士山麓の物件を多く扱ってるから〉

「なんで、都内の業者が富士山に物件を……？」

〈詳しくはあとで話すけど……ところで、この話に俺も一口乗せてはくれないかな？　口利きってことで〉

「まだ、売るかどうか決めてないわよ」

〈売るという、前提ってことでさ。それとこの話、絶対先方にはしないほうがいいよ。本当の価値を知ったら、手放したくなくなるから〉

意味深い、佐伯の言葉であった。底に含む意味では、相当高値で売れそうだ。それがいくらかまでは、佐伯は専門家ではないと即答を拒んだ。

――五百万、それとも一千万……？

亜矢子の頭の中で、札束が乱れ飛ぶ。

〈とにかく査定をしてもらうけど、いいかな？〉

「お願いするわ」

いかほどの価値があるか、分かったところで連絡すると、佐伯から電話を切った。

亜矢子は、すぐさま仁一郎にその話を伝えた。

「富士野原の家、高く売れそうよ」

「ほう。いくらって言ってた？」

「それはまだ。知り合いの不動産屋に査定をさせてみるって。どうやら、三百万てことはなさそうよ。家ごと売れそうだし、そうすると解体費用はなくていいってことになるよね」

「ああ。譲渡にかかる費用と、不動産取得税がどのくらいになるか分からんけど……」

「もしも五百万で売れたとして、かかる経費と佐伯さんへのコミッション。そこに、不動産手数料が……手数料って、どのくらい？」

「百万以上は、たしか3％と決められてるらしい」

うろ覚えの数字を、仁一郎が出した。「五百万の物件が売れても不動産屋って、十五万しか入らないの？」亜矢子が、不動産屋の心配をした。

「窓ガラスに、物件情報を貼《は》っとくだけでいい商売だからな。それに、買うほうからも取るんだろ」

「あとは、佐伯さんへの仲介料。色をつけて、五十万も渡しとけばいいわね」

皮算用が、どんどん気持ちの高ぶりを与えてくれる。

「そうなると、全部引いても四百万くらいにはなりそうね。一千万で売れたとしたら……問題は、一気に解決。お釣りで、車も買えそう」

「おいおい、老後の資金にも取っとかなくてはならんぞ」

夢は、大きく広まっていく。仁一郎も、病気のことは忘れて喜びをあらわにした。

「そうだ。野菜を作っている土地もあったんだ。そっちはいったい、いくらになるのかしら？　一坪五万円としたって、五百万……こっちを車にあてようか」

「そんなにいい車はいらんぞ。軽でいい、軽で……それも、中古」

捕らぬ狸《たぬき》の皮算用が、今は暗くなっている気持ちを癒《いや》してくれる。亜矢子も仁一郎も、しばし病気のことは忘れて、金の使い道にあれこれと算段をめぐらす。久しぶりに二人の笑いが、リビングに響いた。

「喜んじゃいるが、たしか、市街化調整区域だと農地は簡単には売れないはずだぞ。登記証の地目をよく見ておけばよかったな」

仁一郎の言葉が、現実に引き戻す。

「いずれにしたって、家のほうを売れば病院代の工面だけはなんとかなりそうだ。なんといっても、金の心配をしないで済むというのがありがたい」

「夢がないのね、仁ちゃんは」

「これから切腹しようってのに、夢なんてもてるわけないだろ」

手術は心配だけど、それだけでも憂いが除かれれば気持ちがぐっと楽になる。病気なんか、どこかに吹き飛んでいこうってものだ。

はたして、どれほどの査定額になるか。佐伯からの連絡が、心待ちとなった。

仁一郎の、一回目の手術は月明けの五日と決まった。一作入稿してからとの頼みに、医者は快く応じてくれた。そのために、昼夜をかけて推敲まで間に合わせた。

月明けというのには、もう一つ理由がある。限度額適用は、その月ごとの計算となるからだ。入院などが翌月にまたがれば、その分自己負担をしなくてはならない。つまり、入院から退院まで月内で済ませられれば、八万と何がしかの額で済ませられるのである。負担が少なくなるのはありがたいことだ。これも、知っておいたほうがよい知識である。無知ということがどれほど損であるか、身につまされて知るところである。

腹腔鏡《ふくくうきょう》による、大腸癌を摘出する手術の日がやってきた。

腹を切り開く開腹手術より手間と技術が必要だが、体に負担をかけず術後の回復が早く見込まれるという。このあとに、まだ肝臓癌の摘出手術が待っているのだ。腹腔鏡にしたのは、それを考慮したからだとドクターは言っていた。

仁一郎が手術台に載ってオペを受けている間、亜矢子は家族の待機室から手洗い以外は出ることなくソファーに座っていた。待たされる時間が、途方もなく長く感じられる。三日も経ったような心持ちだが、不思議と腹は減らない。コンビニでおにぎりと茶を買い込んだが、食欲はほとんどなかった。

亜矢子は自分に言い聞かす。「……待つ時間が、長ければ長いほどいいの」と。オペ室からドクターがすぐに出てきたら、むしろ何かあったと思ってよい。大概は悪い報せだと、亜矢子にもそれくらいの雑学はあった。

午前九時からはじまったオペは、午後六時を過ぎても手術中のランプが消えない。「終わりましたよ」と、ナースが亜矢子を呼びに来たとき時計の針は、七時十五分を指していた。

十時間以上におよぶ、大手術であった。

「大腸の癌を、無事に取り除きました」

手術は成功したとの新庄ドクターの話に、亜矢子は体の力が抜けるような脱力感を覚えた。膝から頽《くずお》れるのを、ぐっと堪えた。やがて、安堵《あんど》感が、脳天を突き破るほどの感激に変わった。大粒の涙が溢れ、ナースがハンカチを貸してくれた。

ストレッチャーに乗せられ手術室から出てきた仁一郎は、麻酔が醒《さ》めずに眠っている。これからICU《集中治療室》に運ばれ、管理療治が施される。ICUにいるのは二、三日だろうとドクターは言っていた。そのあとは、一般病室に運ばれしばしの入院生活となる。

神田仁一郎の入院とあらば、個室も手配できると思いきや、なんせ差額ベッド代を払うほどの蓄えがない。個室は限度額適用の対象外で、差額を払わなくてはならない。見舞いに来た編集者たちには「いろいろな人の入院生活を知るのに、これほど絶好の機会はない」と、四人部屋を取った言い訳を語る。「そんなこと、誰も訊いてないじゃない」と、付き添う亜矢子は仁一郎のつまらない見栄を詰った。

仁一郎が一般病室に移って五日ほどしたころ、佐伯から亜矢子に連絡があった。

〈亜矢さんか、不動産屋から連絡があったよ〉

相変わらず、挨拶を省略する男である。もっとも、そんなのはどうでもよい。知りたいのは結果だ。亜矢子も、余計な口は利かずに応対をする。

「それで、どうだった？」

〈不動産屋の名は、高村《たかむら》ってんだけど、日本在住の外国人をけっこう顧客に持ってる

んだ〉

「それで？」

〈その高村が、かなり乗り気だ。家の中が見られないので細かい査定はできないけど、売りに出せばすぐに買い手がつきそうだと言ってた。ああ、勧める相手は外国人だ。富士山麓は、世界遺産の影響で、今、かなり高値で取引されているらしい。亜矢さん、このことは誰にも言うなよ。とくに、先方にはな〉

佐伯が、念を押して言う。これで、二度目の忠告であった。

「分かってますって。それで、およそでいいから……？」

いくらとストレートに訊くのはさもしいというより、金に焦っているような気がして、亜矢子はちょっとばかりオブラートに包んだ。

〈片手はくだらないだろうな……おそらく。それも建物付きでだ。俺だって、最低でもそれ以上で売ってもらわないと困る〉

まるで、自分の持ち物のような言い方を佐伯はした。

〈それで、先方とはまだ話が進まないのか？〉

「四十九日の法要が過ぎたばかりだし、あたしのほうも旦那が癌で入院してそれどころじゃなかったのよ。それと、二か月待ってと言われてるのに、こちらからせっつく真似《まね》をするのもおかしいんじゃない」

〈それもそうだな。でも、なるべく早く頼むよ。高村も、時期を失うと言い値で売れなくなると言ってるからな〉

足元を見ているような言い回しだ。不動産屋にかこつけて急がせるのだろうが、本当は自分の都合だろうと、亜矢子は佐伯の心理を読んだ。だが、亜矢子のほうだって急ぎたい。このあとも仁一郎には、肝臓癌の手術が待っているのだ。

二

季節は、夏に向かっている。

松岡美樹と会ってから、二か月近く経った。大腸癌の摘出は成功裏に終わり、仁一郎は病院のベッドにあった。家から歩いて四十分ほどの道を、汗水垂らして亜矢子は毎日歩いて病院に通った。免許証は持っているが、車を運転したことはなく、まったくのペーパードライバーであった。それでも、ゴールド免許だと威張っている。自転車は、生まれてこの方乗ったことはない。タクシーは経費節約と、亜矢子は根性を見せた。

「ああ、しんどい」と言いながら、亜矢子は間仕切りのカーテンを開けた。パタパタと、上気した顔に扇子で風をあてている。仁一郎は、退屈そうにテレビを見ていた。

「暑かったろう。ご苦労さん」

イヤホンを耳から取り除き、仁一郎が亜矢子を言葉だけで労《ねぎら》った。

「ここまで歩いてくるの、もう大変。だけど、あたしが来ないと仁ちゃん寂しがるでしょうから」

「熱中症になるから、無理して来なくてもいいぞ。俺のほうは、もう安心だ。きょうは、おしっこの管《くだ》を抜かれた。もう、自力で小便ができる」

「それはよかったね。だんだんと、回復してるってこと」

「あの管をあそこに差し込まれるときは、もの凄く痛いんだぞ。女にゃ分からんだろうが」

下世話な話をするのではないかと、亜矢子はしかめっ面となった。仁一郎は、あたりにかまわず口にする。

「だけど、そのうち慣れてきてな、今ではそれが快感になっている。これで終わりになるとは、いささか寂し……」

「またくだらないことを言って、馬鹿じゃないの」

亜矢子は、侮蔑《ぶべつ》するような目を向け、仁一郎の言葉を止めた。隣のカーテンの向こう側から、クスリと笑う声が聞こえてきた。

「ところで、あれから一月半以上経つが、富士野原の家、どうなってるかな？　もう、四十九日の法要は済んでるだろ」

「二か月後というから、まだ半月近くもあるわよ。こっちから連絡してもいいんだけど、なんだかガツガツしてるようで気が引けるし。仁ちゃんも、あと一週間ほどで退院できるって聞いたので、もう少し待ってましょうよ」

「それにしても、入院てのは辛《つら》いもんだな。入院患者さんたちの気持ちを、初めて知ったよ」

「腹腔鏡での手術だから、この程度で収まるらしいの。でも、肝臓の方は開腹手術だから、切った傷が治るまでが大変そう」

退院してから、また一月後に大手術が待っている。それを考えるとうんざりするのか、仁一郎の眉間に縦皺が一本刻まれた。

「今は、そんなこと考えたくないな」

「ごめんなさい」

「謝ることはないさ。ところで、富士野原の家はちょっと難しいような気がするな」

「難しいって？」

「俺の勘だけど、何かあったんじゃないかな」

「何かって、何よ」

「誰かから、横槍《よこやり》が入ったとか」

「横槍って……？」

「赤の他人に、なんで家をあげるのかとかなんとかで、親族が揉めてるとか」

「それって、仁ちゃんの考えすぎじゃない。いくら作家だからといって、物語を作っちゃダメよ。美樹さんから連絡が来ないのは、家の整理で忙しいからよ、きっと。看護師の仕事の合間にやってるのでしょ」

「それもあるな」

「むしろ、連絡があるほうがまずいんじゃないの。こういうわけで、お家はあげられなくなったとか、難しくなったとか。あそこまで約束してるのだから、何か起きたら一言あるってのが常識ってもんじゃない」

「亜矢ちゃんの、言うとおりだ。病気のせいか、どうもマイナス思考になっていかんな」

仁一郎が言ったそこに、亜矢子のスマホにＬＩＮＥの甲高い着信音が鳴った。

「佐伯さんからだわ。ごめんなさい、病院では消音にしておくのを忘れてた」

言って亜矢子は、LINEを開いた。『富士野原の家、あれからいく度か見に行きまして、近在の友人たちにも話したら、いいところだとずいぶん褒めてました。ですが、買いたいという者はおりませんけど（笑）。高村さんも、その後どうなったかなって、気にしていたのをお報せしときます』と、綴られている。

「どうなるか気になるのは、不動産屋さんじゃなくて、ご自分でしょうにね。けっこうペンション経営も、大変そうだから」

「西湖からは近いから、しょっちゅう見に行ってるんだろうな。あんまり、近所をうろちょろされるのも困るぞ」

仁一郎の心配が現実になるのは、それから三十分後のことである。タイミングよく、亜矢子の電話がブルブルと震えている。音がしてはいけないと、マナーモードに切り替えていた。

「あら、美樹さんからだわ。ごめんなさい、今病院なのでこちらから折り返し電話します」

電話で話ができるサロンが、同じフロアにある。

「お茶も飲みたいし、俺も行こうか」

リハビリのため、どんどん歩くことを奨励されている。それにしても、今の医学は凄い。十時間以上の手術を受けた翌日には、もう立って歩かされるのだから、病院とは恐ろしいところだと、仁一郎は驚いていた。さすがに翌日は、二歩も歩けなかったというが。

今、仁一郎の体には点滴の管しかついていない。ひところは、酸素チューブから体液廃棄管など四、五本の管が出ていた。まるで、操り人形の如《ごと》くである。今や歩行になんらの支障もない。日に日に回復していると、仁一郎は実感しているようだ。点滴台を自分で転がし、サロンへと赴く。

幸いにも、サロンには誰もいない。少しは大きな声で話をすることができる。

「もしもし、宇奈月亜矢子ですけど……」

さっそく亜矢子は、折り返しの電話をかけた。

〈ご無沙汰してます。ところで、宇奈月さんはなんで病院などに？〉

「実は、主人が癌で……」

「えぇーっ、初めて知りました。それで、お加減は？」

美樹の、驚く声がスマホから聞こえてくる。亜矢子が、推移を手短かに語った。看護師の美樹ならば、大体の経過はそれで察するようだ。

「それでしたら、ステージⅡ《ツー》かしら。肝臓のほうは、原発かも……ごめんなさい、ドクターが言わないのに余計なことは言えません」

「二か所同時の原発の例って、あるのですか？」

〈ええ。うちの病院でも、いくつかの事例がこれまでもありました。ものすごく珍しいってことではありません。両方原発ならいいですね。神田先生に、よろしくお見舞いをお伝えください〉

医者の立場としては、検査の正確な結果が出るまで勝手な診立てはできないのであろう。それでも美樹の話は、亜矢子に安堵を覚えさせた。

〈ところでですが……〉

美樹の口調が変わった。

〈宇奈月さん、家のことをどなたかにお話しされませんでした？〉

「ええ。西湖の湖畔に知人がおりまして、その方にお家の様子を見てきてと頼みましたが、何か……？」

〈でしたら、その方かもしれませんね。実は、お隣の方から電話がありまして、怪しい人が家の中を覗《のぞ》いているって。なんだか怖いと言って、報せてくれたのです〉

「ちょっと見てきてと、頼んだだけなのですけど。それは、ご迷惑をおかけしました。ごめんなさい」

〈それがですね、一人や二人ではないらしいのですよ。中には黒塗りのベンツも玄関先に横付けされて、止まっていたと〉

西湖の佐伯は、近所の仲間にも話したという。その連中ではないかと、亜矢子は思った。それと、高村という不動産屋が考えられる。むろん、不動産屋が絡んでいることは、美樹には伏せて話す。

「知人はベンツは持ってませんが、だとしたらどなたなのでしょうねえ？」

亜矢子は惚《とぼ》けて訊いた。

「四十九日の法要も無事に済ませましたし、私のほうはまったく心当たりがありません。今、社会保険事務所などでいろいろな手続きをしてまして、もう少しお待ちいただけますかしら？」

「あたしも待ちきれなくて、知人に頼んだのですけど……余計なことをしてごめんなさい」

〈いいえ、それは分かりました。ところで、神田先生は、いつごろご退院になられます？〉

「あと、一週間くらいとお医者さんは言ってます。ですから遅くとも今月中には……」

〈退院しても、すぐとはまいりませんよね。しばらくは、ご自宅でご静養なさらないと。車で来ていただくのも長距離だし……そうだ、でしたらこちらからうかがいますわ〉

「そんな、ご足労かけるなんて」

〈ぜひ、お見舞いがてらおうかがいさせていただけないでしょうか。神田先生にはお世話になりっぱなしですし〉

居酒屋で奢ってもらっただけなのに「お世話になりっぱなし」と言う美樹を、若いのに人の気持ちをとらえるのが上手な人と、亜矢子は感じていた。さすが看護師と、心の中で呟いた。

「それはそれで大変恐縮しますが、やはりお家を見ない限りいただくかどうか決めかねますわ」

〈おっしゃるとおりですね。でも、また一月後に肝臓のほうをオペするのでしょ。そうなると、三月近く先になってしまいますね。だったらこうしたら、いかがでしょう。家の外と中を隅々まで写真で撮ってCDにしてきます。でしたら、パソコンで見られ

ますしね〉

アイデアをすぐに出してきた。機転も利くと亜矢子も感心をする。

「そうしていただければ、すごくありがたいわ」

調布《ちょうふ》からなら、中央自動車道を八王子で圏央道に入り、桶川加納《おけがわかのう》インターまで一時間ほどで来てしまう。多少道が混んでいても、一時間半もあれば充分だ。むしろ、現地に行くより近いと美樹は言った。住所を教えれば、ナビという便利なものが車についている。美樹の来訪は、仁一郎の退院の十日後くらいと目処《めど》を立てた。

〈それにしても、黒塗りのベンツっていったい誰なんでしょうねえ？　気になるわ〉

「さあ……でも、あまり気にすることはございませんでしょ」

東京世田谷の不動産屋だろうとは、今は口が裂けても言えない。

〈そうですわね。それでは、お会いできる日を楽しみにしています。神田先生に、お大事にとお伝えくださいな〉

「ありがとう。こちらこそ、楽しみにしてます」

言って亜矢子は、電話を閉じた。傍らの椅子に、仁一郎が麦茶の入った紙コップを手にして座っている。

「西湖の佐伯さん、富士野原の家のご近所から怪しまれているらしいの。黒塗りのべのも困るよね。さっき、仁ちゃんが言ったとおり」

「ベンツはおそらく高村という不動産屋だと思うけど、あまりうろちょろしてもらう

「ああ。なんだか、そのようだな」

ンツまで止まっていたって」

「これからはあまり行かないよう、西湖に釘《くぎ》を刺しといたらどうだ」

「そうしようか」

亜矢子は、ポケットにしまったスマホを再び取り出した。

〈もしもし、亜矢さんか?〉

呼び出し音一回で、すぐに佐伯は出た。

「今しがた先方から電話がありまして……」

亜矢子は、美樹との話の内容を伝えた。

〈それは迷惑をかけちまったな。だが、黒塗りのベンツには心当たりがないぞ〉

「もしかしたら、高村という不動産屋さんではないかと」

〈今どきの不動産屋はベンツなんて乗ってないよ。しかも、黒塗りなんて。そんな不動産屋の物件なんて、怖がって誰が買うっての。たしか高村さんは、グレーのクラウンかなんかだ〉

「だったら誰なんでしょう？」

〈俺は、知らんな。近所の奴らだって、外車に乗ってるのはいない。俺のほうの筋ではないな。それと、しばらくは近づかないことにするよ〉

「旦那は術後だし、こちらからしばらくは行くことができないので、先方から見舞いがてらうちに来てくれるって。写真で家の内と外を撮ったCDを持って。それで判断するより仕方ないわ」

〈家の内観が分かれば、査定はできると思う。来月の十日過ぎだね、高村さんにも言っとく〉

「お願いします」

電話を切ると、仁一郎の真剣そうな目が亜矢子に向いている。

「どしたの？」

「なあ、亜矢ちゃん。今考えたんだけど、売るってのはどうなんだろ？」

「売らないとすればどうするの？」

「住むってことも、選択肢の中に入れたら」

「それって、あたしが考えていたことじゃない。でも、今は情勢が違ってきてるわ。少しでも高く売ってもらって、急場を乗り切らなくちゃ」

ここで亜矢子と仁一郎の思いは逆となった。

「それもそうなんだけど……」

「仁ちゃんが、この先も前のようにどんどん本を出せるんだったらそれもいいでしょうよ。でも、なんだかんだで四月《よつき》も空いてしまうんでしょ。日銭仕事だったら、また頑張って持ち直せるでしょうけど。たとえば、四月後に仕事を再開して新作を書いても、お金になるのはいつなの？」

仁一郎は、指を折って数えている。「十月に新作を書きはじめたとして、最短でも来年の二月に発売。印税が入るのは、四月になるな」と呟くような小声で言うと、仁一郎は指を折るのを止めた。そのあとに、ふーっと大きなため息が漏れた。

「十月《とつき》も先じゃないの」

「いや、今の仕掛かりが二冊ほどある。それだって、十月でもって途絶えるのか。あとは、重版がかかるのを祈るばかりだな」

十月の入金以降、収入が途絶えることになる。切実な問題として、亜矢子と仁一郎の身に降りかかっていた。

「それを考えると、家を売ってお金にするしか手はないんじゃないの。今さら住もうなんて、そんな呑気《のんき》なこと言ってる場合じゃないでしょ」

亜矢子は焦燥《しょうそう》が募り、つい語調が荒くなった。ちょっと大声を出したところで、サロンに点滴台を引いた患者が入ってきた。

「やはり、家を売るしかないわよ」

小声でもって、亜矢子は仁一郎を諭した。

「そうだな。ここは姑息《こそく》で乗り切るより、仕方ないか」

姑息とは、一時凌《しの》ぎという意味に取れる。仁一郎は、考えを改めたようだ。

三

仁一郎の退院は、六月の末日となった。

入退院の手続きルームで、会計も精算される。明細を見て、仁一郎と亜矢子は目を瞠《みは》った。入院してからこの二十五日間でかかった費用の総額はおよそ二百八十万円とある。国民健康保険での負担は三割なので、何もなければ八十四万円になる。それでも背筋が凍る思いであった。仁一郎の場合、限度額適用認定証を提出しているので、上限が決められ八万七千円までとなっている。ただし、認定されないオプション項目もあって、十三万円ほどの支払いとなった。

「こんなありがたい制度があるのを、みんな知っていたほうがいいな」

ちなみに、この制度があるのを知っているのは二割もいないとされる。知ってる人は、すでに本人や家族が入院手術の経験がある人たちばかりだ。

「よかったね、仁ちゃん」

「助かるよ」

それと仁一郎の場合、県民共済の適用がある。入院給付金が二口で、一日につき五千円が支払われる。二十五日の入院だから、十二万五千円が入ることになる。もっとも、それまでの検査やなんだかんだで、それくらいの金は使っている。

「見舞金もいくらかあるから……」

ずいぶん細かいところでの、出と入りの攻防となった。そして、あと一月後には、もう一度大きな山が待ちかまえている。むしろ、そちらのほうが心配だ。癌の転移ということになったら、これでは済まない莫大《ばくだい》な治療費が毎月かかってくる。命と金のどっちが大事だと、今まで考えたこともないことで、頭を悩ますことになるのだろう。

「命のほうが大事だと、大方の意見はそうだろうが。いざ我が身に降りかかってくると、なんとも言えんな」と、仁一郎が呟《つぶや》くように口にする。

今回の、入院と手術代は思ったより抑えられたので、ほっと一息つくことができた。

しかし、やはり出版社からは刊行を遅らすとの連絡が入った。仁一郎の体を案じて、無理はさせられないとの理由であった。「――病気を癒してから、ゆっくりとご執筆ください。それまで、お待ちします」と。仕事のキャンセルではないのにほっとするも、次の手術は肝臓というデリケートな個所で、腹を切り開いての摘出である。回復は、腹腔鏡手術より、倍はかかると言われている。やはり十月からの執筆は懸念される。著者校正ならば作業としてどうということもないが、物語を紡ぎ出すとなると、けっこうタフな体力が要求される。それと『癌』というイメージが、どうしても悪いほうにつきまとう。作家仲間に、口を止められない人も交じっている。『――神田先生、どうやら危ないらしい』と広がる風潮も、心配であった。

退院した日は、梅雨の合間でかなり蒸し暑く不快であった。だが、生還できた喜びのほうが遥かに勝る。

その夜、仁一郎と亜矢子は、ささやかに退院の祝福をした。

「酒は止められているから、しばらくはアルなしビールだな」

仁一郎の言う『アルなしビール』とは、アルコール度数０％の意味である。

消化器系の術後は、ダメージが残る。病院の栄養士から奨励されている献立で、亜矢子は料理の腕を振るった。

「それにしても、病院のめしはまずかった。ようやく、人間の食事が食べられる」

食卓に並べられた、野菜を中心にした五種類ほどの料理に仁一郎は目元が綻《ほころ》んだ。

全部食べつくしてやろうと意気込んだが、裏腹に食は細かった。

「いざとなると、食べられるものではないな」

それぞれの料理に、一箸《はし》か二箸つけて仁一郎の食は止まった。まだ、腹の中が慣れていないのであろう。

「少な目に作ったけど、やっぱり病み上がりじゃ無理か」

「胃のほうも、当分はリハビリが必要だな」

「ゆっくりと、元に戻せばいいわよ。みんなあたしがいただくから。ああ、また肥《ふと》っちゃう」

「その分、俺が痩《や》せる。十キロ体重が減ったからな」

八十五キロあったのが、七十五キロになっている。もっと減らせと、医者からは言われている。明日から、ウォーキングは欠かさずにやると仁一郎は意気込んだ。酒やゴルフは当分の間お預けだが、毎日の散歩は奨励されている。

「これなら、仕事もできるな」

「無理しちゃダメよ。よしんばできても、出版社のほうが受け付けてくれないでしょ。何かあったら、責任問題になるし。せめて、ゴルフもできれば酒も呑《の》めるというアピールをしないと。まあ、一月《ひとつき》は無理ね」

「一月後には、またオペが控えてるからなあ」

いつでも本編が書けるように、できるだけ多くプロットを立てておこうと、仁一郎は仕事への復帰に意欲を燃やしていた。


七月になって、また雨が降りだした。梅雨が、佳境に入ったようだ。

出版社から八月刊の校正ゲラが届き、仁一郎は修正に取りかかっていた。誤字脱字をチェックし、気になるところを書き換える。そのくらいの作業なら、病み上がりでもできる。五日ほどをかけ、仁一郎の校正作業は終わった。原稿をきれいに束ねているところに、スマホの着信が鳴った。着信表示は名ではなく、電話番号だ。

〈もしもし、これは○○さまのお電話でよろしいですか?〉

本名を言うからには、仕事の話ではない。だが、すぐに相手の素性は知れた。

〈こちら、上尾税務署ですが……〉

「えっ?」

──今どき税務署が、なんの用事があるんだ。国税は源泉徴収されてるし、誤魔化しはないはずだ。いや、もしかしたら?

仁一郎の不安はある一点に向いた。そんな思いにかまわず、声が聞こえてくる。女性税務官の声である。まだ、若そうだ。

〈この十日以内に、おうかがいさせていただいてよろしいでしょうか?〉

ダメだと言っても、来るだろう。だが、一応は用件を聞く。

「どんなご用件でしょうか?」

〈簡単な、税務調査でございます。それと、消費税のことにつきまして、お話がございまして〉

日銭商売ではないので、帳簿なんてつけていない。出と入りは、どんぶり勘定である。領収書は、袋の中にごったまぜであった。入りのほうは、年に数回しかないからすぐに計算ができる。それでも、気分はめげるものだ。日時を決めて、電話は切れた。

「誰からだったの?」

仁一郎の浮かない顔に向け、亜矢子が訊いた。

「上尾税務署。簡単な、税務調査だって。税金の申告を調べるのに、簡単てことはないだろうにな。そう言わないと、うろたえて、どうかなっちゃう人がいるからだろう。

まあ、抜き打ち調査ってことだな。別に、脱税しているわけでもないし、心配はないだろ。しいて言えば、帳簿をつけてないってことだ」

「商売人とは違うものねえ」

「税理士を雇うほどの収入ではないし、金の使い道なんて、いちいちつけてなんかいられんよ、家計簿じゃあるまいし。本来は、そうしなくちゃいけないのだろうが、まさかこんなところまで来るとは」

信じられないといった、仁一郎の声音と表情であった。

「マルサほど、怖くはないよね」

「そいつは、国税局の調査官だからな。とんでもない脱税をしてるならともかく、合計したって、高《たか》の知れた額だから、気にすることはないだろ」

仁一郎は言うものの、それは高括りだ。あとで、税務署は甘くないってことを、嫌というほど思い知らされることになる。

「どうも、家の話が持ち込まれてからいい話がないわね」

亜矢子が、伏し目がちになってふと口にした。

「仁ちゃんに癌が見つかり、出版社からは仕事の延期、そして今度は税務署でしょ」

「家とは関わりはないよ。みんな、偶然の産物だよ」

「そうかしら……」

「まあ人生、沈むことがあるから、浮くこともできるんだ。自分に足枷《あしかせ》をはめない限り、沈みっぱなしってことは絶対にないさ。実際に俺は、そう思って生きてきた」

「自分に足枷って、どういうこと？」

「そうだなあ。しいて言えば『諦《あきら》め』っていう一言かな。以前は俺もかなり深く沈んだが、そこで諦めていたら神田仁一郎って名は、世の中に出てなかっただろ」

「さすが、作家さん。言うことが、一味違うわ」

「このたびの、家の話だってそうだ。亜矢ちゃんは災いをもたらすと思ったかもしれんが、俺は違った風に取る。それは、浮き輪だと思ったらどうだ？　俺たちを、沈ませないためのな」

「仁ちゃんは、なんでも前向きに取るのね。そういえば、癌だからって最初からぜんぜんめげてなかったよね。くだらないことばかり言って」

「いや。癌と知ったときは、やはり俺もショックだったさ。でもな、嘆いてたってしようがないだろ。死ぬと思ったらそこで死ぬだろうし、生きようと思ったら生きることもできる。どっちに転ぶにしたって、自分自身の心の持ち方が、行き先を決めることになるんだ」

哲学者めいた仁一郎の言い分に、亜矢子は分かったように小さくうなずいた。

「新庄ドクターが言ってた。仁ちゃんの手術は、やりやすかったって。その意味ってのは、おそらくそのことを指しているのね」

「どうか知らんけど、ダメだと諦めた人より、体力はあるんだろうな。それに俺は、逆境に強い男だぜ」

強がりと思えど、どこか安心できる。いつまでも寄りかかっていたいと、亜矢子はちょっぴり惚《ほ》れ直す思いであった。


退院後、一週間が経《た》った。

嫌な話は先に済まそうと、美樹が来る前に税務署を先にした。三十歳前後の、若い女性の税務官一人での来訪であった。

「主人は、癌の手術で退院したばかりなの」

亜矢子の牽制《けんせい》球には、女性税務官はそれがどうしたのと、涼しい顔をしている。そのくらいのことでいちいち同情してたら、税務官は務まらないといった表情である。

メガネの奥から、キラリと光る目がのぞけた。

税務調査は、仁一郎の仕事場で行われる。若い女と一つ部屋にするのは心配と、亜矢子も同席することにした。

「帳簿はつけていただきたいのですが、なければけっこうです」

と言いながら、税務官は大きな手提げカバンの中から、書類ファイルを取り出した。過去三年間に提出した、確定申告書の書類を抜き出す。「収入は源泉徴収証で分かりますが、経費の部分でお訊《たず》ねします」と、添付された収支内訳書を開いた。各項目の使い道を訊《き》かれる。その都度、仁一郎は答える。

「ずいぶんと、接待交際費が多いようですが」

多いといっても年間四、五十万程度である。月に均《なら》せば、五万にも満たない。聞いていて、はぁーとため息を漏らしたのは亜矢子であった。

「一月に三、四社の編集さんと打ち合わせをしますから。いつもお世話になっていると、その感謝を込めてお酒も奢《おご》るでしょうよ。そしたら、安酒ってわけにもいかないですよね。少なくてもバーとかスナックで、山崎12年くらいご馳走《ちそう》しなくちゃ」

羽振りのよかったときの仁一郎は、確かに編集者たちを大事にしていた。亜矢子が思っているほど吝嗇《けち》ではない。

「それと、編集者さんにはゴルフが好きな人も……」

「分かりました。それはもう、けっこうです。それでは、昨年の雑費の十八万というのは……？」

「えっ」

重箱の隅をつっつくような指摘に、亜矢子は思わず声を上げた。すると税務官は、メガネの奥の鋭い眼差しを、亜矢子に向けた。当事者以外口は出すなと、無言の威圧に思える。

「それは……」

仁一郎は答に窮しているようだ。一月に均して一万五千円の使い道を、気に留めている人がこの世界のどこにいるだろうか。仁一郎の答に、亜矢子は固唾《かたず》を呑んで聞き入った。

「バッグを買ったかと……」

仁一郎の目が、机上に置いてあるショルダーバッグに向いている。亜矢子はそれを、知り合ったときから見ている。「去年、そのバッグを買いました」と、適当な出まかせを仁一郎は言った。

「おいくらくらいしましたか？」

「本革の革製品ですから、たしか五万円くらいしました。大宮のそごうで買いましたから」

聞いていて、亜矢子は噴き出しそうになった。以前、八千円もしたと威張っていたのを思い出す。「……これを脱税というのだろうか?」と呟く。

「まだ、十三万ございますね」

「そうだ。作家クラブの年会費が三か所……合計で六万くらいになります」

「作家クラブとは、どちらの……?」

おいおい、そんなことまで訊くのかよと、亜矢子は口出ししたい衝動に駆られたがそこは黙って堪えた。余計なことを言って、重加算税がかけられたらまずいと思ったからだ。

「日本作家親交クラブと歴史時代作家の集い、それとなんだっけ……?」

仁一郎の問いが、亜矢子に向いた。

「推理文芸家協会じゃない」

「そうだ。その三か所です」

「まだ、七万円残ってますね」

いい加減にしてと亜矢子は叫びたくなるも、仁一郎は健気に答えている。部屋の隅に置いてある、文具用の地球儀を見つめている。

「そうだ、あの地球儀。国の位置関係を知らなくては、ちょっと世界の歴史を書き込めませんので」

　地球儀は、亜矢子がどこかで拾ってきたものだ。それと、仁一郎の小説の舞台はほとんど江戸である。それにしてもうまい言い訳をすると、亜矢子は感心する面持ちで聞いていた。「その地球儀が一万円。パソコンの修理に二万円……」仁一郎が、部屋の中を眺め回して物色する。

「そうだ。目薬は必需品で、一番高いのを使ってます。それだけでも、年間三万円は使うな」

「目薬は医療費になりますが、まあよろしいでしょう」

　少しは、おまけしてくれる気持ちもあるようだ。

「まだ、一万円ございますが」

　雑費だけの攻防で、三十分ほどかかっている。「あと一万円、何に使ったかなあ？」と、仁一郎は真面目《まじめ》っ面《つら》して考えこんでいる。どちらかがどちらかを、おちょくっているようにしか、亜矢子には思えない。だが、二人の顔は真剣そのものである。

「そうだ。それが両方で、旅先で便所に行きたくなったので、キヨスクでハンカチとちり紙を買ったな。六百五十円した」

　――そうそう、それだって立派な雑費だ。

亜矢子は、心の中で仁一郎に声援を送った。

「個人の旅行ですと、経費で落ちませんが」

「すいません。そのときは、取材旅行でして」

六百五十円の使い道で、仁一郎は謝罪の頭を下げた。

「それと仕事の際、尻の下に敷くクッションを、ファッションセンターしまむらで購入……」

「もう、けっこうです。時間がなくなりますので、先にいきましょ」

雑費の攻防は、仁一郎に軍配が上がったようだ。

「……ちり紙って。この齢《とし》の人は、ティッシュと言えないのね」

どうでもいいことを、亜矢子は呟いた。

四

女性税務官は、さらに細かいところを突いてくる。

「次に、水道光熱費ですが……この数字は、合算ですか?」

「ええ。項目が、一つにまとまってますので」

「ここはお住まいも兼ねてますから、上下水道とガス代は計上できません。それと、電気代は四分の一に……」

「主人は、夜中の仕事ですから電気をたくさん使うのです」

堪《たま》らず亜矢子が口を出した。

「でしたら、半分ということで計算をし直します。それと、お家賃ですが一月いかほどでしょうか？」

「十万です。計上は、その半分の五万にしてありますが」

「お部屋数は？」

「ここを含めて、四部屋……」

「でしたら、単純計算ですが、四分の一ってことで。住まいを兼ねた場合は、その計算方式があるのですが、まあそこまで細かくしなくてもよろしいでしょう」

一月五万円の計上は、半分の二万五千に減らされる。

「それでは、所得税の確定申告は、こちらのほうで訂正させていただきます」

ようやく終わりと思いきや、実際はこれからが本番であった。

「重要なお話がございます」

女性税務官の、前置きが不気味であった。仁一郎と亜矢子は、話を聞く前から体が硬直していた。

「消費税の件でございますが、申告はなされました？」

「えっ、消費税って……？」

仁一郎の不安は、まさにここにあった。

「はい、そうです。〇〇さんは、五年前の年収は約一千五百万円でしたね」

五年前の申告書のコピーを、ファイルブックから取り出して言う。

「お支払い先から、消費税を預かっていることになってますが、ご申告なされましたか？」

「いっ、いや……」

いずれは申告しなくてはならないものだと分かっていたが、いずれ何かしら言ってくるだろう。そのときに対応すればよいと、仁一郎は放っておいた。それが、今日になって、きたのである。

「消費税は、一千万までは申告不要でしたよね？」

「ええ、そうです。ですが、一千万を超えたら、納付する義務が生じます」

「すると、一千万を超えた五百万にかかるってことで……」

「いいえ違います。これは、皆さま同じような勘違いをよくなされておられます。一千万を超えたら、全額にかかってくるのです。つまり、一千五百万に対してってことになります。そこなのですよ、皆さん初めて知って驚き、そしてうろたえますのは」

初めて大台を超えた人のほとんどは、認識不足だと言う。あなただけではないから安心してといった目で、女性税務官は仁一郎を見やっている。

ざっと計算しても百数十万てことになる。そんなの、取っておいてねえよ。震える仁一郎に向けて、さらに女性税務官の言葉が重なる。

「その後の、二年も一千万を超えてます。これにも……」

女性税務官の声は、もう耳に入らない。呆然《ぼうぜん》とした面持ちで、亜矢子はあらぬ方向に目を向けていた。

「それで、全部でどれほどになりますので？」

恐る恐る、仁一郎が問うた。

「必要経費にも消費税がかかっておりますので、それで30％差し引いても……」

電卓で数字を弾《はじ》き出し、税務官は差し出して見せた。ふーっと大きなため息が、仁一郎の口から漏れた。

「正確な計算は、これから税務署に戻ってしてします。所得税の修正と併せて、後日お報《しら》せしますので、税務署までご足労願いたいのですが」

「はい、分かりました」

仁一郎の、力ない返事であった。ここで抗《あらが》っても仕方がない。自分の無知を恥じる思いで、甘んじて従うことにした。

「ですが、一括で全額払うってわけにはいきませんが」

「それは、充分に承知しています。後日税務署に来られたとき、納付課の担当者とご相談ください。お話は聞いてくださると思います」

まだ、いろいろとあれこれあったが、仁一郎は大人しく従うことにした。

九時から午後の三時までと時間を指定されていたが、税務調査は午前中で終わり、正午をもって女性税務官は帰っていった。


亜矢子が、部屋の隅でへこたれている。

「どうした？　元気出しなよ」

逆に、仁一郎が亜矢子を励ましている。

「なんで、言ってあげなかったのよ」

詰《なじ》り口調で、亜矢子が返した。女性税務官が、ざっとの計算で提示した二百五十万という数字が、亜矢子の腰を立てなくしている。

「なんて言ってあげたら、よかったんだ？」

「癌でもって、余命いくばくもないとかなんとか……そうすれば、お上《かみ》にもお慈悲というものがあるでしょうよ」

「あの税務官にそれを言ったってしょうがないよ。あの人は、お代官の命令で動いているだけだ。どんなに抗っても、一つ返事を繰り返し、いつまでも居座ることになる。それに、税務署だって、そんなに甘くないよ。だけど、鬼ではない。マチ金とか、ヤミ金とは違って問答無用はないと思う。相談には、親身になって乗ってくれるさ……きっと」

「払わないと、逮捕されるってことはないかしら？」

「悪質ではないし、額も小さいからそれはないな。それに、払う気持ちはあるのだから。捕まえたって、国は一銭の得にもならんだろ。だが、差し押さえは覚悟しておかんといかんな」

言って仁一郎は、部屋の内部を見回した。部屋は賃貸だし、車は持っていない。パソコンは仕事で使う道具だから、持っていかれることはない。「……この中で、金目の物といえば、ゴルフクラブだけか。買ったときは、高かったからな」と、仁一郎の呟きが亜矢子の耳に入った。

「あたしの物は、もっていかれないかしら?」

「おそらく、大丈夫だ。テレビは観られなくなるかもしれんが……いや、そうならないために、俺は性根入れ換えて頑張るよ。それとだ、俺は一切税務署に抗わないことにする。いつまでかかろうが、完納すると決めている」

「どうして? 少しくらい、国を相手に抗ってもいいんじゃないの。無駄遣いばっかりしてるんだから」

「いや、そいつは違う。考えてもみな。俺は癌の手術代で、どれほど国に金を使わせたと思う? 病院の請求額を見て、亜矢ちゃんも驚いただろうに。それだけ、税金を使ってんだぜ。この次は、もっと費用がかかるかもしれない、入院と手術が控えてるんだ。それを思ったら、何も言えないだろうに。だいいち、悪いのはこっちの認識のなさだったのだからな。俺は、死んだって完納してやるさ」

「でも、家が売れたからって……」

「それは、亜矢ちゃんのものだ。それに、生きるための生活費も必要だからな。それを奪われたら、納付することもできなくなる。仕事で作った借りは、仕事で絶対に返してやるさ。心配するな」

明後日には、美樹が訪れる。税金のことは、黙しておこうと二人の間で決めた。

翌々日の昼ごろ、美樹が一人で訪ねてきた。

果物の盛り籠《かご》と、見舞金を一万円包んでくれている。美樹の、律儀な対応であった。美樹と会うのはこれが三度目である。知り合って日が浅いのに、お互いに、これほど打ち解けるとは思っていなかった。

美樹は車で来たので、酒類は抜きである。まずは、アイスコーヒーとショートケーキでもてなしをする。三十分後には、特上の寿司が届くはずだ。今は、美樹が一番大事な人だとすれば、奮発はやむをえない。一人前三千五百円を、三人分注文した。

「わざわざ遠くから……それに、お見舞いまでいただいて」

「いいえ、とんでもございません。それで、先生のご容態は……？」

「おかげさまで、とりあえずなんとか一命は取りとめましたよ」

仁一郎が、自分で答えた。とりあえずと言ったのは、次の山が控えているからである。

「同時に二か所に癌ができるなんて、滅多《めった》にないことです。先生は、本当に運がお強いお方です」

「運が強いとは、到底思えませんけど」

先日の、税務署の来訪を思い出し、亜矢子は首を振りながら言った。「いいえ、やはり運がお強いです」と、美樹が真顔で言い張る。その根拠を、仁一郎は知りたがった。

「どうして、運が強いと……？」

「たしか、癌は大腸と肝臓にできていると、亜矢子さんからお聞きしましたが」

「まだ、原発か転移かどうか分からないけど、肝臓にもできているのは確かで」

ドクターの診察を受けるような眼差しで、仁一郎は美樹を見やっている。

「肝臓の細胞を採取して、調べてみないと分かりませんが、おそらく原発だと思います。ドクターは、はっきりしたことが分からない限り、絶対に診断はくだしませんから」

他人《ひと》は、いろいろと意見を述べたがる。だがやはり、素人の診立てより看護師から言われるほうが数倍の重みがある。

「どうして美樹さんは、原発だと思えるのです？」

「大腸のほうは、ステージⅡ《ツー》とおっしゃいましたよね。Ⅲ《スリー》まで行ったら、転移の可能性も出てきますが、Ⅱならばまだ転移に至らないかと。だとすれば、本当に運がよろしいです」

美樹は、またも運を強調した。

「もし、大腸に癌ができてなかったら、先生は精密検査をお受けになりましたか？」

「いや、絶対に受けないだろうな。病院は大嫌い……いや、失礼」

「よろしいのですよ。病院が好きな方なんて、この世にいるはずがございませんから。もし、そのまま手を施さずにおりましたら、肝臓は沈黙の臓器と言われるくらい、自覚症状がないところです。気づくことなく、今も知らずして深く静かに、癌は進行しているはずです」

「ということは、大腸の癌が教えてくれたってこと？」

「癌が教えてくれたなんて、亜矢子さんは素敵な言い方をなされますわね」

「ええ、まあ……」

さほど褒められたことかと思うものの、亜矢子は気持ちよく、美樹の言葉を受け入れた。

「おそらく神田先生の肝臓癌は、肝炎から発生したものと……」

「ドクターもそう言ってましたな」

「今ならば、初期段階。でも、あと半年も知らずに放っておいたら、間違いなく肝硬変も併発し、癌細胞は大きく育っているものと。そうなると、多分手遅れ。肝臓はM《マ》AX《ックス》70％は摘出できると言いますが、全摘はできません。肝臓がないと、人は生きてはいけませんから」

おおよそは、新庄医師から聞いていることだ。だが、美樹から語られると、何か別の気分にもなれる。亜矢子と仁一郎は、安堵《あんど》する思いで美樹の話に聞き入った。

「今なら、30％の摘出で済むと言ってたわよね、仁ちゃんも聞いてたでしょ？」

「ああ。左葉だけを切り取ればいいとな」

亜矢子の話に、仁一郎が大きくうなずき相槌《あいづち》を打った。

「そうなると、大腸癌が助けてくれたってことになりますわよね。ですから、素敵な言い方と言ったのです」

「癌が癌を助けたってことか……深い言葉だなあ。初期発見がこれほど大事とは、身につまされて知った」

「ということは、癌が味方になることもあるのね」

「前向きにとれば、そういうことになるんだろうな」

夫婦のやり取りを、美樹はほっと安堵したように、目を細めて聞いている。そして、おもむろに口にする。

「神田先生ならば、間違いなく癌を克服しますわ。その前向きなお気持ちを、お忘れなく」

四十歳近い年下の女に諭され、仁一郎の少しはにかんだような、小さなうなずきがあった。

五

鮪《まぐろ》の大トロが四貫も載った特上寿司が届いたのを機に、話題は病気から家へと切り替わる。

美樹は、バッグの中から封筒を取り出すと、仁一郎に向けて差し出した。

「家の写真を載せた、CDが入ってます。お待たせして、申しわけございませんでした」

「いいえ、とんでもない。お寿司を食べたあと、観ましょうか」

醤油《しょうゆ》さしと小皿を食卓に並べながら、亜矢子は言った。そして、茶を淹《い》れに台所に戻った。美樹とは、仁一郎が応対する。

「それで、四十九日の法要は無事にお済みで……？」

「親戚《しんせき》もお年寄りばかりですし、祖父の兄弟で来られたのはお一人だけ。平塚に住む一番若い弟さんが、車を飛ばしてまいりましたわ。ほかの兄弟は、足がないと言って……」

「ご家族も、お忙しいのでしょうねえ」

寿司屋でもらった大き目の湯呑《ゆのみ》を盆に載せ、亜矢子が戻ってきた。話は耳に入っている。お茶を、美樹の前に差し出しながら言った。

「さてと、食べようか。何もないですけど、どうぞご遠慮なく」

仁一郎が、手を差し伸べて美樹に勧めた。

「それでは、いただきます。ところで、こちらは駅からお近いのでしょ」

上尾の柏座《かしわざ》二丁目というところである。上尾駅の西口から、メインストリートが西に向かって延びている。亜矢子たちの住まいは、通りから一つ路地に入った四階建てのマンションにあった。

「ここからですと、歩いて四分くらいかしら。車がないから、駅から近くないと……」

「そうしますと、富士野原までは何でお越しになろうと？」

「ぼくの姉が近くの団地に住んでましてね、用事があるときは車を借りてるんですよ。

その代わり、駐車場などはこっちが払っている。いわば、シェアカーってところですな」

「それはいいお考えですね。車の維持費って、けっこうかかりますものね」

「仕事が仕事だし、あまり車は必要なくて。ゴルフも、仲間が迎えに来てくれますし、買うまでのことはありませんよ」

　仁一郎が、脂ののった大トロを頰張りながら言った。このところ、食が進んでいる。

「食欲がおありのようで、安心しましたわ」と、美樹が看護師の立場で言った。そして、話を引き戻す。

「このへんは、ずいぶんとお賑《にぎ》やかなのですね」

「上尾市内でも、このあたりが一番の繁華街ですから。でも、少し行くともう田舎ですわ」

　亜矢子が、美樹に言葉を返した。

「こういうところにお住まいですと、富士野原の家なんてどうなのかしら。周りには富士山以外、まったく何もないところですわよ。よほど田舎住まいがお好きでないと……私なんぞ、四日もいたくありませんわ」

　美樹の言葉は、最終的にこちらの意思を確かめているものと、亜矢子は取った。ここで美樹の気が変わろうことがあったら、家計は破綻《はたん》である。富士野原の家だけが、最後の砦《とりで》としたら、何があっても手に入れなくてはならないのだ。売ってもかまわないと、美樹は言ってたものの、この場ではこちらの目論見《もくろみ》を語ることはできない。権利書を手に入れるまでは、何がなんでも欲しいという意思表示だけはしておかなくてはならない。それも、住みたいという前提で。

「あたし、石川県は白山《はくさん》市の生まれで、十八のときまで山の麓《ふもと》で育ったのです。ですから、田舎暮らしはまったく平気。冬はスキー場が近くにあって、熊《くま》や猪《いのしし》がたくさんいるところなんですよ。そこと比べたら、富士野原は大都会だわ」

「亜矢子さんは、あのあたりをご存じですの？」

「ええ。実は、元彼の家が富士市にあったので。西湖の友人の家に行くのに、あのあたりを通っていたから」

「それで西湖のお方に家をご覧になっていただいたのですね。おや、ご主人の前で元彼なんて、おっしゃってもよろしいのですか？」

「主人も知ってる人なの。もう、八年前に亡くなって……」

「そうだったのですか。立ち入ったことを言って、ごめんなさい」

「いいえ、よろしいの。それと、主人の手術が終わったら、そこで静養するのもいいかと、話し合っていたの。安い、軽自動車でも買って」

「車なら、ありますわよ。お祖父さんの使ってた軽トラック。名義を書き換えて、乗ったらよろしいですわ。そのままにしてありますから」

「軽トラックならいいな。荷物も載せられるし、買い物なんかであちこち動くのにちょうどいい。荷台にキャディーバッグを載せていったら、誰しも驚くだろうね」

「何から何まで、おあつらえ向きね」

亜矢子が仁一郎に合わせ、喜びをあらわにした。

「あとは、パソコンで家の中を見させていただいて決まりね」

「寿司を食べたら、俺の仕事場に行こうか」

「私も部屋に入れていただいて、よろしいですか?」

「もちろんですとも。でも、散らかしっぱなしで、汚いですから驚かないでくださいよ」

「作家さんの、お部屋に入るなんて初めて」

それからというもの、三人の食は早くなった。添えられたガリまで食べ尽くし、仁一郎の仕事部屋へと移った。

四時間ほど滞在して、美樹は調布の家へと戻っていった。

これで十中八九、富士野原の家を手に入れることが約束できた。できれば、仁一郎の次の入院の前までに、登記の移転を済ませたかった。美樹とも、その段取りは取り交わしている。

「八月に印税の入金があるから、それでとりあえず登記にかかる費用は賄えるだろ。十数万で済むはずだ。不動産取得税なんかは、そのあとだろうし……」

「それで、いくらで売れるかしら？」

「そいつは、まったく分からん。だが、あんまり欲は掻《か》かないほうがいいぞ」

亜矢子のニンマリと笑った顔に、仁一郎がブレーキをかけた。

「写真だけど、ＣＤの中身を見たらぜんぜん住めるわよね。台所はシステムキッチンで、お風呂もここより豪華。ジャグジー付きで、湯船も大きいし」

「風呂場に、暖房がついてたぞ」

「トイレも一階と二階にあるし、どちらもウォシュレット。ポッチャン便所と思ってたけど、とんでもないわ」

天野清吉は、愛する奥さんのために、家の改装に全財産を費やしたと、美樹は言っていた。

「鉄筋の家だから、築四十年といっても、まったく傷みはない。外装もきれいに写ってたし、なんだか売るのがもったいなくなってきたな」

「でも、売らなくては」

写真を見て亜矢子の頭の中は、五百万から一千万へと値が吊《つ》り上がっていた。もしかしたら、もっと高く売れるのではと、欲もふつふつと湧《わ》いてきている。そうなると、追徴税も一括で払えそうだ。

ものすごく、気が楽になった。肩の荷が下りるというのは、こういう感じになることか。亜矢子は自分の手で、軽くなった肩を擦《さす》った。

「佐伯さんにCDを送って、査定をしてもらいましょうよ。焼き増しできるかしら?」

「焼き増しなんかすることないよ。西湖はパソコンを持ってるんだろ」

「ブログを立ててるから……」

「だったら、添付ファイルで送ることができる」

「どうやって……?」

パソコンのことなら、仁一郎のほうが亜矢子より詳しい。前浜荘のブログからメールを開き、亜矢子のノートパソコンから佐伯に送信した。

一時間ほどして、佐伯から電話の着信が亜矢子に届いた。

〈亜矢さんか、写真届いたよ。ありがと〉

「きれいに写ってます？」

〈ああ、上等だ。ずいぶん、家の中も立派なもんだね。これなら、すぐに住める〉

佐伯の語調は、興奮気味であった。その雰囲気だけで、高値がつきそうだと亜矢子の声も上ずる。

「そうでしょ。あたしも、写真を見て驚いちゃった。すぐにも引っ越して、住みたくなったわ」

〈売るのでは、ないのかい？〉

「どっちにしようかって、今、旦那と話してたの」

足元を見られてはならないと、亜矢子は駆け引きをする。その魂胆が分かったか、仁一郎がうなずきながら、電話のやり取りを聞いている。佐伯との話を仁一郎も聞けるように、亜矢子の電話はスピーカーモードにしてある。

「うちの旦那も癌になって、人生観が変わったようなの。余生は、こういうところで送りたいって」

〈でもこの状態だったら、相当に高く売れる。間違いないさ〉

コミッション料を手に入れようと、佐伯も必死である。

「おいくらぐらい？」

さもしい質問ではない。これからはビジネスに徹しようと、亜矢子は即座に訊いた。

〈安くても、千五百万……〉

ゴクリと生唾《なまつば》を呑んだのは、仁一郎であった。

「たった、それだけ？」

亜矢子は、強気に出た。おいおい欲は掻くなと、仁一郎の目が語っている。それに亜矢子は、小さく首を振って返した。ここからが勝負どころよと、顔が語っている。

「でしたら、あたしたちが住むわ。どうせこれから、どこかに家を持たなくてはならないのだから。取り分が半分だとしても、それじゃどこも代替地が買えないでしょ。よしんば買えたとしても、もっと辺鄙《へんぴ》なところでしょうし、あそこほどの魅力はないわ」

亜矢子はさらに、値を吊り上げようとしている。

〈高く売れればそれに越したことはないよ。だけど、どうだろうかなあ？〉

「どうだろうかって？」

〈住む住まないは、亜矢さんのほうの勝手だけど……〉

佐伯の、含むような言い方が、亜矢子には少し気になる。

〈ちょっと、大事なことを見逃してるんじゃないかな〉

佐伯が、口調を変えてきた。にわかに、高飛車になっている。

「大事なことって？」

〈あの家は、もってもあと十年……〉

「あと十年て、どういうこと？」

〈十年後には、どの道建て直さなくてはならなくなるってことさ〉

「ずいぶん、頑丈そうに見えるけど？」

目論見とは風向きが変わったと、亜矢子の心に焦りが生じていた。佐伯の出まかせだと仁一郎は首を振るが、亜矢子はそれを見ていない。

〈素人には分からないだろうけど、あの家は土台に欠陥があった。基礎がしっかりしてないってことだな〉

「でも、先だっては建物の基礎がしっかりしてそうだって言ってたじゃない」

〈ちょっと見ただけなら、しっかりしているように見えるさ。でも、いざ売買の対象となると、きちんと調べなくてはならない。写真では気づかないだろうが、実際に行って水平器で測ると傾きがあったりするんだ。そこを、不動産屋の高村さんは承知している。なので、欠陥を隠して売ることになる〉

「それじゃ、詐欺じゃない」

〈正直にやってたんじゃ、不動産屋なんて成り立たないよ。そのくらいなことは、どこだってやってる。つまらない物件をつかませられないためには、客のほうが気をつけなくてはならないのさ。そんなんで、高村さんは早く処分したほうがいいと言ってたんだ。でも、そっちで住むんだったらそれでもいいけどさ〉

「ちょっと、待って……」

亜矢子は、天を仰いで考えをめぐらせる。その肩を、仁一郎の叩《たた》く手があった。スマホを遠ざけ、亜矢子が振り向く。

「何よ？　今どうしようか、考えてるのに」

苛立《いらだ》つ亜矢子の声音が、仁一郎に向いた。電話を切れと、仁一郎の仕草があっても、焦る亜矢子にその合図は通じない。再び、スマホを耳にあてた。話しかけようとすると、佐伯の声が聞こえた。

〈今しがた亜矢さんは、取り分が半分と言ってたけど、そういうわけにはいかないだろうな。一千万で売れようが二千万で売れようが、せいぜいそっちに渡るのはテン％

がいいところだ〉

「テン％って？」

〈一割がせいぜいってことさ〉

「たったそれだけって、どういうこと？」

〈考えてもみなよ。タダでもらう物件だろ？　そんなにボロってどうすんのさ。だけど、不動産屋は欠陥住宅を売りつけるんだ。それには、かなりのリスクがあるってこと。売れたあとで、どんなクレームがあるか分からないし。それに、売りつけるのは外国人だよ、あとで訴訟でも起こされたら、えらいことだ。それを思えば、一割も取れればありがたいって思わなくちゃ。名義書き換え料くらい、こっちで払ってあげるけどね〉

亜矢子は、土俵際まで押されている。このままでいったら、押し切られることになる。仁一郎が、両手を交差させて×の字を作っている。電話を、一度切れという合図だ。亜矢子はようやく、それに気づいた。

「ごめんなさい。もう一度電話するわ」

〈ああ。よく考えてからでいいよ。返事を待ってる〉

佐伯との電話は、そこで切れた。

六

仁一郎が腕を組んでいる。

「今の話に、惑わされてはダメだな。写真を見て、佐伯とやらも欲が出てきたようだ」

「惑わされるって……？」

「やはり、女のにわか商人《あきんど》では、百戦錬磨には太刀打ちできんな。でも、俺が出ていくわけにもいかないし。さて、どうしようか？」

独り言のようにブツブツ言って、仁一郎が考えている。

「何をブツクサ言ってるのよ。あたしにも、聞こえるように話してちょうだい」

亜矢子の苛立ちも、最高潮に達している。仁一郎が、それを宥《なだ》めるように言葉にする。

「今の、佐伯とやらの話は出まかせだよ。何もこっちが弱気になることはないさ」

「なんで、佐伯さんの話がいい加減だと言えるの？」

「何枚目かの写真に、廊下を写したのがあったろ。美樹さんのお祖父さん、ゴルフをやってたって言ってたよな」

「そういえば、廊下の中ほどのところにゴルフボールが置いてあった。何のためだろ？」

「おそらく、そこでパターの……そんなのはどうでもいいけど。水平器の目盛が動くほどなら、相当の傾きだぞ。ツルツルの廊下にゴルフボールを置いたら、簡単に転がるはずだ」

「なるほど。仁ちゃん、流石《さすが》。推理小説でも書いたらいいよ」

「それにしても、こっちが一割だなんて俺を見くびったもんだ。亜矢子の後ろには、神田仁一郎がついてるってのを忘れるなっての」

頼もしい言葉に、亜矢子のすがるような眼差しが仁一郎に向いた。

「亜矢ちゃんの友だちをあまり悪くは言いたくないが、その佐伯ってのはいい奴ではないな」

「そんなに悪い人ではないんだけど、おそらくあの人もお金に忙《せわ》しないのよ。あの写真を見て、目が眩《くら》んだとしか思えない」

「亜矢ちゃん。もう一度佐伯に電話して、こう言いな」

「なんて……？」

「十年で家が倒れようが、やっぱり住みますって」

「それじゃ、売れないじゃない」

「売れなくたっていいさ。一割くらいもらったって、屁《へ》のツッパリにもならん、て言ってやれ」

「相手が分かったって言って、手を引いたらどうするの？」

「１００％手を引かない。そりゃ二、三度は牽制してくるかもしれないけど、ドンと構えてりゃいい。早いとこ、電話してみ」

　仁一郎に背中を押され、亜矢子は履歴のアイコンを押した。

〈亜矢さんか……〉

　待っていたかのように、佐伯は電話に出た。

「ごめんなさい。やっぱり、あの家に住むことにする。二千万で売れたとしても一割しかもらえないなら、屁のツッパリにもならないから」

　富士野原の家の価値が二千万と吊り上がっている。亜矢子の口から、平然とその額が出た。スマホの向こうから、ゴクリと佐伯の生唾を呑む音が聞こえてきた。

〈そうか。だったら、そうしたらいいさ。でも、住めても十年が限度だよ。家を建て替えるのに、いったいいくらかかると思ってるの？〉

「そのときは、そのとき……倒れてから考えるわ」

その調子と、傍らで仁一郎が、張子《はりこ》の虎《とら》のようにうんうんとうなずいている。

〈一割ってのは、こっちも言いすぎだった。だったら、二割じゃどうだい？〉

「ダメ」

〈それじゃ、三割……〉

「ねえ、佐伯さん。あたしたちがこんなところで、皮算用してたってしょうがないじゃない。お互い駆け引きなんかしないで、ざっくばらんにいきましょうよ。もし、千五百万で売れたとしたら、うちは半分。あとの半分は、佐伯さんと不動産屋さんで話し合って決めて。もう、これ以上なんだかんだ言ったら、そこに住むことに決めます」

問答無用の亜矢子のもの言いに、佐伯はしばし黙《だ》んまりとなった。そして、口調穏やかに話し出す。

〈そうだよな。やっぱり亜矢さんには負けるよ。あとは、高村さんにできるだけ高く売ってもらうさ。亜矢さんのほうは、なるべく早く譲渡手続きをして、名義を移しておいてくれ〉

「分かった。よろしく、お願いするわね」

佐伯との電話を切って、亜矢子の顔が仁一郎に向いた。

「これでどう？」

「ああ、上出来だ。ざっくばらんにいきましょなんて啖呵《たんか》を切ったところは、女賭博《とばく》師の藤純子を思い出したぞ」

「まあ、ずいぶん古いところを出してきたわね」

気持ちは、上り調子になっている。


一千五百万で家が売れると信じ、その思いがこの後の生活の基本となった。だが、その報酬が今すぐ入るわけでないのは、亜矢子と仁一郎は、百も承知の上だ。目の前の生活が苦しいのに変わりはない。その上何もなければ、四、五か月の間収入が途絶える時期が、数か月後には待ち受けているのだ。税金納付の交渉も、この後に控えている。それに、なんといっても、仁一郎の二度目の入院手術がある。

「家が売れて、七百五十万も入れば、なんとかやっていけるだろ」

「すぐに売れるといいわね。佐伯さんの言い方では、買い手はすぐに見つかると言ってた」

「ああ。あの人だって、すぐに売りたいのだろう。高村って不動産屋だって、千五百万の売れ筋物件じゃ、力の入れ方も違うだろうよ。学生相手の、賃貸の手数料稼ぎとはちょとわけが違うからな」

「すぐに、売れるってこと？」

「おそらくな。遅くとも、待ちかまえている地獄の四、五か月は回避できるだろう。とにかく、美樹さんから一日も早く、土地登記の権利書を譲りうけることだな」

美樹とは、二週間後に再び会うことになっている。つまり、仁一郎の再入院の十日前ごろを予定している。体の具合がよければ、富士野原まで運転していくつもりだ。

「この状態ならば、なんてこともないだろう」

暑い日射《ひざ》しの日中を避け、仁一郎は毎朝二十分ばかりを散歩に費やしている。当初は歩数にして二千歩を目標にしたが、それが徐々に増えて、今は三十分の三千歩までなっている。それに比べたら、車の運転のほうが遥かに楽だ。権利書は、現地で受け取ろうと気持ちを馳《は》せていた。そして、入院までの十日の間に、亜矢子名義で登記を済ませ、不動産屋の売り物件にする段取りであった。

「俺が退院するまでに、売れていればいいけどな」

「絶対に売れるよう、あたしも不動産屋さんの尻を叩く。だから、仁ちゃんは大船に乗った気持ちで、病院のベッドで休んでいて」

亜矢子の言葉に、たくましさが滲《にじ》む。人間は、目標をもつことがいかに大事かということが、この一件だけでも知れる。

それから三日後、さらに浮き足立つ情報が、西湖の佐伯からもたらされた。

昼食の仕度に取りかかろうとしたところで、亜矢子の電話の着信音がけたたましく鳴った。

「佐伯さんからだわ」

すぐに出ては安っぽくなるからと、着信音が五度鳴るのを待ってから、亜矢子は受信のアイコンをスライドした。

〈もしもし、亜矢さん？〉

いつもより、佐伯の声は上ずって聞こえた。興奮している様子が、スマホから伝わってくる。

「佐伯さん、何かございまして？」

亜矢子の声音は落ち着いているが、心は弾んでいた。よい情報がもたらされると、勘が働いたからだ。

〈不動産屋の高村さんから、今しがた連絡が入ったよ〉

「なんて……？」

あくまで冷静を装うも、佐伯の次の言葉は亜矢子を天にも昇らせるものであった。

〈買い手がつきそうだって。それも、こちらの言い値の二千万で。どうやら、かの国の富裕層が欲しいと言ってきたそうだ〉

二千万とは口にはしたが、思ってもいなかった。

「ほんと!?」

〈とにかく、かの国の富裕層は、一億二億は金じゃないと思ってるからな。そりゃ、半端ない金の使い方だ。二千万なんて、鼻紙くらいにしか思ってないんじゃないの〉

佐伯の高笑いが、スマホの向こう側で鳴り響いている。

——ここに仁ちゃんがいれば。

仁一郎は検診で病院に行っている。今ごろは、CTの検査台に載っているはずだ。帰ってきたら喜ぶだろうなと、亜矢子が想像をめぐらせているところに、佐伯の呼ぶ声が聞こえてくる。

〈もしもし亜矢さん、聞いてるの?〉

「ごめんなさい。嬉しくて、心ここにあらずだったわ」

〈だけど、権利書も何もないんで、契約は待ってもらってるって。そりゃそうだよな〉

「今月中には、まとめて出せると思うわ。もうちょっと、待ってて。でも、お相手をせっつくのだけはよそうと思ってるの」

〈ああ、分かってるよ。あんまり焦ってしくじるのもなんだし、かといって富裕層の心変わりも心配だ〉

「ずいぶんと心配性なのね、佐伯さんは」

〈俺は、亜矢さんの家のことが、心配だから言ってるんだぜ〉

「お気を遣っていただいて、ありがとう」

佐伯の本心を見通しているも、亜矢子は小首を傾《かし》げて礼を言った。

〈とにかく、土地家屋の権利書が手に入ったら、すぐに報せてくれ〉

「もちろんだわ」

〈それじゃ、頼むよ〉

弾む声を出して、佐伯は電話を切った。

七

亜矢子の名義に書き換えれば、すぐに売れる。しかも、二千万円で。それが、はっきりと形となった。

「……夢ではないのね」

亜矢子は自分のほっぺを、思い切りつねった。「痛いっ」現実であることが、確認できた。

「忙しく、なるわ」

実印を作り、市役所に行って各種証明書をまずは用意しなくてはならない。それと、登録免許税とか司法書士への手数料などが、先にかかってくる。それはまだどれほどの額か分からない。すぐに相談したいことだが、生憎《あいにく》と仁一郎は今はいない。

「早く、戻ってこないかしらん」

亜矢子の気持ちは、落ち着かなくなった。じっとしていられず、部屋中を歩き回った。

「おや？　変な臭《にお》い……」

昼に食すスパゲティを茹《ゆ》でているのを、失念していた。お湯が沸騰しきって、麺《めん》が真っ黒こげとなっている。鍋を洗い流しているところに、仁一郎が戻ってきた。

「なんだか、こげ臭いな」

「あたしって、馬鹿よね」

亜矢子は笑いながら、スパゲティをころがした顛末《てんまつ》を語った。

「なんだって！　そりゃスパゲティどころじゃないよな。不動産屋が、二千万と言ってきたか。だったらこっちの取り分は、九百九十万にしておいたほうがいいぞ。消費税を申告しなくてはいけなくなる」

別に消費税がつくわけではないが、税金に、仁一郎はかなりナイーブになっている。

「そこまで気が回るとは、仁ちゃんはさすがに冷静。やはり、あたしとはえらい違い」

「それと、この手の収入は所得税やらなんだで、がっぽり取られるからその分は別にしておいたほうがいい。使っても、五百万までだぞ。それと、領収書は必ず取っておけ」

「この間のお寿司、必要経費になるかしら？」

「それは雑費じゃなくて、接待交際費だな。新宿での打ち合わせは、会議費の名目でいいだろう」

「いけない。ショートケーキの領収書捨てちゃった」

「これから気をつければいいさ。できれば、みんな控えておきなさい。俺と呑んだときは、打ち合わせ食事代だ」

「それこそ、雑費でいいだろ」

「項目は、何？」

「分かった。ところで仁ちゃん、検査の結果はどうだったのよ」

税金云々《うんぬん》よりも、真っ先に知らなくてはいけないことであった。

「肝臓癌が前よりも少し大きくなっているから、なるべく早く摘出したほうがいいと言ってた。そんなんで、月が変わったらさっそくオペを受けることにすると決めてきた」

「やはり、手術をしなくてはいけないのかなぁ」

「今さら、何を言ってるんだ。摘出で癌が治るなんて、ラッキーなんだぞ。もっとも、転移でなければな」

やはり懸念は、転移かどうかである。美樹は違うと言っていたが、最終結果はまだ出ていないのだ。

「今日のCT検査では、ほかへの転移の兆候は見られないとドクターは言ってた」

「だったら、それを信じましょうよ」

「そうだな。まあ、とにかく家が売れるんだ。人間前向きに考えてれば、どんどん道が開けるってことさ」

「仁ちゃんの入院までに、移転登記を済ませておかなくてはいけないわね。それらの費用、大丈夫なの？」

「そのくらいは持ってるから、心配するな。そいつがなくて、一千万がおジャンになったら、洒落《しゃれ》にもならんぞ。いや、ちょっと待てよ……」

仁一郎が言葉を止めて、何か考えている。

「どうかしたの？」

「それらの費用をまったくかけなくても、済むのではないかと……」

「どういうこと？」

「高村とかいう不動産屋に、みんな出してもらうことにすればいい。あとでその分を差し引いてもらえば、こっちで金を用意することはない」

「なるほど、それもそうね。それに、佐伯さんも言ってた。名義書き換え料くらい、払ってくれるって」

「そういえば、そうだったな。大事なことを、忘れてた」

さっきまで重くのしかかっていた憂いごとが、亜矢子の心からさっぱりと消え去る。

「もっとも、印鑑登録だの印鑑証明などにかかる費用までは、出してくれとは言えんだろうな」

「どのくらい、かかるのかしら？」

「住民票だ、戸籍謄本だのを取っても二千円はかからんだろ」

「二千円頂戴《ちょうだい》って、言えないよね。あまりにも、せこすぎる」

「それもくださいって、言ってみたらどうだ？」

仁一郎の冗談に、怒る気も笑う気もしない。あははと声を出して笑うのは、仁一郎だけである。その表情からは、とても大病人とは思えない。これで仁一郎の病気が根治に向かえば、もう何も言うことはない。感極まったか、亜矢子の目に光るものが宿る。やがてそれが水滴となって、頰を伝って落ちた。

翌日亜矢子は、佐伯に電話して譲渡にかかる費用の捻出《ねんしゅつ》を打診した。

「旦那がすぐに入院しなくてはならないので、お金の出し入れができなくなるのよ。そんなんで、不動産屋さんに立て替えてもらえないかしら？」

仁一郎の病気にかこつければ、図々《ずうずう》しくもなかろうと。

「そんなことは、みんな高村さんに任せればいいさ。そっちで用意してもらいたいのは、印鑑証明とか住民票、それから戸籍謄本か抄本……あとはなんだっけ。まあ、あとで必要な物は調べとくから」

佐伯の口から印鑑証明だのと聞けば、話はかなり具体的になったと実感する。あとは、二十日《はつか》過ぎにかかってくる、美樹からの連絡をひたすら待つだけだ。

その美樹から、亜矢子のスマホにLINEが届いたのは七月の半ばであった。予定よりも、五日ほど早い。亜矢子の脳裏にふと不安がよぎった。重い指で、アイコンをクリックする。『ごめんなさい。手続きが、少し遅れそうなの。もう少々、お待ちください。松岡美樹』とある。

「……こっちは急ぎたいのに」

亜矢子は呟きながら『はい、了解です。お忙しいでしょうけど、よろしくお願いします』と書いて、美樹のLINEに送った。まさか、家が売れそうだから早くしてとは書けない。それはこちらの勝手な都合だ。心逸《はや》るも、極めて並の文章となった。それについての美樹からの返信はないが、亜矢子は気にも留めずにいた。美樹から連絡があったことを、用足しから戻った仁一郎に語った。

「美樹さんも、忙しいのだろう。まだ病院は辞めてないらしいからな。遅れると、謝ってくるだけでも偉いもんだ」

言いながらも、仁一郎は浮かない表情である。亜矢子はすぐに、それに気づいた。

「何か、あったの？」

「歩いてたら、税務署から電話があった。二十五日過ぎに来てくれって。そのころには確定申告の修正と、消費税の算出ができるからってよ」

仁一郎の、捨て鉢なもの言いであった。

「どうも税務署とか警察署とかって、署のつくところからの電話ってのは気分が滅入《めい》るよな」

「それで、なんて答えたの？」

「入院する前に、片をつけとくよ。ぐずぐずしてても、しょうがないからな。国民の義務だけは全うしようと思ってはいても、はたしてこっちの相談を聞いてくれるかどうかだな」

「だったら、病気を盾にすればいいんじゃない。月明けから本当に入院するのだから、タイミングはぴったりよ。お上の情けにすがったら。おねげえしますだ、お代官さまって……」

「ああ、そうだな」

亜矢子の言葉で、仁一郎は苦笑する。表情は、少し明るくなった。

第四章　思わぬ落とし穴

一

七月の二十日を過ぎても、美樹からの連絡はなかった。

さらに、三日経つも音信不通である。さすがに不安になった亜矢子は、美樹にＬＩＮＥを送った。『お世話さまです。その後、いかがなってますでしょうか？　ご返信いただけたら幸いです。亜矢子』と、簡単な文でまずは様子を探った。仕事中なら、すぐには返信ができないであろう。それから半日は、亜矢子も気持ちに余裕があった。

だが、昼間送ったＬＩＮＥは、夜になっても既読にすらなっていない。

「どうしたのかしら？」

いつもなら、仕事の合間を見計らってでも返信をくれるのに。それでもまだ、救いの余地はあった。ＬＩＮＥに気づいていないということもありうる。

「そうよ、既読になってないものね」

三分の一くらい、安心ができた。しかし、一夜が経ち翌日の朝になっても、返信はない。いつのまにか、既読にはなっている。ということは、亜矢子の意思は通じている。だが、なぜに返事がないのだろう。ここまでくると、さすがに亜矢子の心臓も不安で鼓動が速くなった。

「美樹さんから、連絡が来たか？」

仁一郎も、おかしいと小首を傾げている。

「いいえ、まだなのよねえ。ＬＩＮＥは読んでるみたいなのだけど……」

「おかしいな。だったら、直接電話したらどうだ？」

「仕事に入ってるのかどうか、電話にも出ないわ。時間ができたら、連絡くださいって留守電には残してあるけど」

「まだ、準備ができてないのだろう。考えてみりゃ、焦っているのはこっちだからな。美樹さんのほうは、仕事のほうが優先さ。そればかりに、かまってはいられんのだろうよ。俺は、明日は税務署に行ってくる」

仁一郎のほうも、明日は決戦である。いや、本当の決戦は来月である。その前哨戦だと、仁一郎は鼻息を荒くした。

それからほどなくして、佐伯からの着信があった。

〈どう、まだ連絡が来ないの？〉

「ええ。なんだか、仕事が忙しいらしいの。もう少し、待っててだって」

美樹と連絡が取れないことは、佐伯には伏せておいた。

〈高村さんには待ってもらってるけど、買い手が早く現地を見たいんだって。来月の半ば過ぎに、一旦《いったん》帰国するのでそれまでにまとめたいと。一度戻ったら、半年は来日しないらしい〉

「こっちも焦ってるの。あと一週間もしたら、旦那は再入院でしょ。大きな手術も控えてるし、その看病もしないといけない。でも、どうしたどうしたって、こっちは佐伯さんみたいに、せっつくわけにはいかないのよ」

イライラが、亜矢子の語調に表れている。

〈とにかく、動きがあったらすぐに報せてくれ〉

「もちろん、そうするつもり。もう少し、待っててください」

分かったと言って、佐伯は電話を切った。だが、美樹から連絡が来ないかぎり、連絡を取れる術《すべ》はまったくない。

翌日になって仁一郎は、税務署へと向かった。

朝十時に出て、午後の一時に戻ってきた。思っていたほど、仁一郎の表情は暗くない。交渉がうまくいったと、そこからは読み取れる。

「全部で、二百八十万だって」

明るい口調で、仁一郎は追徴課税の額を言った。どうにもならんのはどうにもならん。そんな、開き直るような表情であった。

「そんなに払わなくてはいけないの？」

さすがに亜矢子も、目を瞠って驚く。

「しょうがないよ。金があったときに払わなかった、俺がいけなかったんだ」

「でも、家が売れたからって、それをあてにしてもダメだからね」

「そりゃ、分かってるさ。仕事の借りは、仕事で返すと言っただろ。いっとき俺も病気で落ち込んだけど、これでふつふつとやる気ってものが湧いてきた。癌を退治したら、前のようにどんどん仕事をこなすことにする。そのことを税務官に言ったら、頑張ってくださいって言ってた。支払い計画も、退院したあとに話し合おうだってさ」

「とりあえず、差し押さえはないわね」

「誠意さえ見せとけば、すぐにはないさ。そこがマチ金とかヤミ金とは、違うところだ。それに、俺も思った。今度の手術、絶対に乗り切って仕事に精を出すと。退院したら、あちこちの出版社に声をかけるつもりだ。生還したから、心配しないでくださいと言ってな。そうすりゃ、拾ってくれるところが二つ三つはあるさ。冷たい出版社もあるが、全部が全部そうじゃないだろ」

「そういう、意気込みが大事なのよね。でも、無理はしないでね」

「今までは、ガツガツ書いてたけど、これからはじっくりと書く。ちょっと人生観も変わったんでな、そういった人間の機微が表せれば、もっと作品に味が出て、いい物が書ける。量よりも、質で勝負ってことだな」

「売れれば仕事は半分、儲けは数倍ってことになるものね」

「儲けなんて、生臭いことを言ってはいかんよ」

ふふと、鼻先で笑う仁一郎の顔に、自信みたいなものが漲《みなぎ》っている。

――立ち塞がる山を前にして、この人の自信はいったいどこから来るのだろう？

「……ずっと、山あり谷ありの人生だったのよね」

亜矢子の口から、ふと呟きが漏れた。

「何が、山ありだ？」

「いいえ、なんでもない。それより、お昼ご飯食べた？」

「食うわけねえだろう。税務署ってところは、茶の一杯も出さんからな。警察なら、カツ丼《どん》が出るんだろうけど」

「警察だって、出ないわよ。暑いから、素麺《そうめん》でも茹でようか」

「ああ、そうだな。それにしてもこのところ、日替わりで素麺か冷麦《ひやむぎ》だな。これじゃ、水道代もばかにならんぞ」

「また、せこいこと言う」

キッチンに向かおうと亜矢子が立ち上がったところで、ポケットに入ったスマホの着信音がけたたましくなった。

「あら、美樹さんからだ」

待ちわびた電話であった。仁一郎が、つけたテレビをすぐに消した。

〈連絡できなくて、ごめんなさい〉

「お電話、待ってたのですよ」

〈それが、ちょっと……〉

「どうか、なさったの？」

短い言葉のやり取りに、仁一郎が皺《しわ》を寄せた怪訝《けげん》そうな顔を向けた。

〈問題が、発生して連絡が遅くなりました〉

「問題って、なんなの？」

亜矢子の声が、震えを帯びてきている。家の話が飛んだら、こっちは死活問題だと、切羽詰まった感が亜矢子の声音に表れている。

〈お電話では、ちょっと。ですので、もう少し待っていただきたいと〉

「もう少しって、いつまで待てと……？」

亜矢子の語調も、荒くなってきている。気持ちを抑えろと、仁一郎は両の掌《てのひら》を下に向けたジェスチャーを送っている。

〈それが、いつとはなんとも。それで、お会いしてお話しできればと〉

「もちろんかまいませんけど、いつお会いできます？」

〈一週間後の、八月一日でしたら……〉

「その日、主人が入院するの」

〈そうでしたわね。神田先生にも、ご相談したいことだし……困ったわ、仕事が目一杯〉

美樹の困惑した様子が、スマホから伝わってくる。かといって、仁一郎の入院日を変えるわけにはいかない。そこに、仁一郎が殴り書きのカンペを出した。『こちらから行く』と書かれてある。

「でしたら、こちらから行きますけど」

亜矢子はカンペをそのまま読んだ。

〈いえ、それにはおよびません。わざわざ、お越しいただくのも大変ですし、先生のお体も……〉

「本人が、行くと言ってますからご心配なく」

〈でしたら明々後日《しあさって》の二十八日、私のほうから伺います〉

「大丈夫なの、お仕事のほう?」

〈はい。夜勤明けですが、なんとかいたします〉

「あまり、ご無理をなさらないで。だったら……その字、なんて読むの?」

〈あのう、何かありまして?〉

「主人がカンペで……字が汚いもので」

〈そうでしたの〉

「こちらから、調布に行くと言ってます。ええ、毎朝散歩してますから、運転は平気です」

〈飛田給のあたり、分かるかしら?〉

ちょっと待ってくださいと、亜矢子はその旨を仁一郎に伝えた。

「待たせて、ごめんなさい。主人は昔、三鷹《みたか》の深大寺《じんだいじ》ってところにいたからその辺の土地には詳しいと。もっとも、四十年近くも前ですが」

住所を書き取り、二十八日の午後二時を約束に美樹の家に伺うこととなった。富士野原の家のことは、何があったかこの電話では聞くことができなかった。

二

亜矢子と仁一郎が、富士野原の家で何が起きているか知るのは、その翌日の夕方。

それは、佐伯からの電話を通じてであった。

〈亜矢子さん、あの家どうなってるんだい？〉

「どうなってるって？」

〈なんだか、人が住んでるみたいだぜ〉

「なんですって！」

これには亜矢子も仁一郎も仰天する。何かあったかと、きのうはずっとその話題であったが、まさか人が住んでいるとは思ってもいなかった。仁一郎の勘では、せいぜい誰かの横槍《よこやり》か入れ知恵が入ったくらいなものだろうと考えていた。それならば、天野清吉の遺言が優先となる。美樹の口調からも、心変わりをしたとは思えない。すぐに、解決できるものだと安易に高を括っていた。

〈今しがた富士野原の駅近くの友人と電話で話してたら、あの家のことになったんだ。そいつが一週間ほど前かな、家の近くを通ったらあきらかに人が出入りしているのが見えたって。それも、ちょっと風体のよくない男たちが、三人ほどいたってことだ〉

佐伯が家の話をした、友人の一人からの連絡だったという。

「風体がよくないって、ヤクザ？」

〈いや、それはよく分からんけど。もし、そんなのが絡んでいたとしたら、ちょっとこの話は厄介だな〉

「高村さんには報せたの？」

〈いや、まだだ。どうか分からないのに先走りして、話がパーになったらつまらないから。その前に、亜矢さんには言っておこうと〉

「すぐに、先方に連絡してみるわ。折り返し、電話する」

亜矢子は、一旦電話を切った。傍らに、西瓜《すいか》の種をほき出している仁一郎がいる。スピーカーモードで、仁一郎にも話は通じている。

「ヤクザか……でも、なんでそんなのが家に入り込むんだ？」

「美樹さんに、訊いてみないと」

「ちょっと、待て」

亜矢子が、美樹あてに電話をかけようとするのを仁一郎が止めた。

「どうせ、あさって、こっちから行くんだ。今、訊くことではないよ。むしろ、なんで知ったんだと不思議がられるだけだ。じっくりと、話を聞いてから、対処したほうがいいさ」

「そうだった。でも、仁ちゃんはすぐに入院してしまうし、どうしようかしら」

「どう転ぶかは美樹さんの話を聞いてからでないと、なんとも言えんだろ。人生ケセラセラだ」

「なんなの、ケセラセラって」

「なるようにしかならんということだ。あれはたしか、ドリス・デイだったな。ヒッチコック映画の『知りすぎていた男』の中で唄《うた》ってた」

それにしても、古いところをよく知ってると、亜矢子は感心する。

しばらくおいて、亜矢子は佐伯あてに電話をかけた。

「あさって、先方と会って話を聞いてきます。そしたら、ご連絡しますね」

〈ああ、分かった。連絡が来るまで、待ってるよ〉

どれほど高村と分配するのか分からないが、佐伯の声のトーンはあきらかに落ちているのを亜矢子は感じた。

調布インターから下りて、甲州街道を八王子方面に出るとすぐに信号がある。右に曲がれば、東京天文台の前を通って、中央線の武蔵境《むさしさかい》駅に向かう道である。仁一郎が、その昔下宿していた三鷹市深大寺はその道筋にある。美樹の家は、信号を曲がって百メートルと、近いところにあった。

「懐かしいな。俺は小金井試験場で運転免許を取ったんで、このへんを路上で回ってた。もう、半世紀近くも前のことだ。ずいぶんと、家が建ったもんだ」

仁一郎が言ってるうちに、美樹の家に着いた。近くの駐車場に車を止め、松岡と書かれた表札の前に立った。

「凄い、立派な家」

建坪は、四十坪くらいあろうか。コンクリート打ちっぱなしの、建築家が好む意匠である。警備保障会社のステッカーが、玄関先に貼《は》ってある。防犯カメラのレンズが門扉に向いている。留守がちな家なので、防犯対策に万全を期しているようだ。

「旦那は、資産家の倅《せがれ》って言ってたからな。何も、無理して働くことなんかないんだろうが」

「それでも、他人《ひと》のために働く美樹さんて、偉いよね」

言いながら亜矢子は、インターホンを押した。

リビングは二十畳ほどの広さがある。八人ほどが座れる大き目のソファーが、コの字型に部屋の中ほどを占拠している。「滅多にお客さんは来ないのですけど、お正月には主人の家族がまとまって訪れるものですから」一年のうちのたった一日のために、大きなソファーを置いていると美樹は言う。その一角に、亜矢子と仁一郎は並んで座った。

冷たい水羊羹《みずようかん》と、氷の浮かんだ麦茶でもてなしを用意すると、美樹も向かい側に腰をかけた。

「遠いところ、わざわざお越しいただきまして……」

「こちらこそ、お邪魔して……」

改めて簡単な挨拶を済ますと、まずは仁一郎の病気談議からはじまった。

「その後、先生のお体の具合いかがですか？」

「ぜんぜん、なんともないんですよ。これから入院なんて、まったく考えられんですわ」

「ですが、なんといっても肝臓癌摘出の、大手術ですものね」

「逆Yの字に、腹を切るんだそうです」

「それをベンツ切開と言ってるのですよね。ほら、マークが似てるでしょ」

仁一郎と美樹の会話を、亜矢子は聞くともなしに聞いている。頭の中は、家がもらえるかどうかで一杯である。だが、話を遮るのもはばかられるので、美樹からの切り出しを待っていた。

「なるほど。見せられた人体図に、そんなマークが描かれてた。ああ、痛そうだ」

顔を顰《しか》めながら、仁一郎が腹を擦《さす》った。

「手術中は麻酔が効いてますから、目が醒《さ》めたときはオペは終わってます。そのあとも、今は痛み止めもいいのがありますし、術後もあまり苦痛を感じることはありませんわ。痛いのは、患者さんにとって一番のストレスになりますから。それを軽減して差し上げるのも、病院の務めです」

「美樹さんの話を聞いてると、すごく安心できる」

「一番肝心なのは、その安心感をご自分に抱くことです。ドクターを、信用なさってください」

「分かりました。これで二度目だから、もう慣れてもいますしな」

仁一郎の締めで、病気談議は終わった。もう一杯お茶をと、美樹がソファーから立ち上がり、キッチンへと向かった。

美樹が席をたった間に、亜矢子がそっと仁一郎に話しかける。

「どう、美樹さんの表情、深刻そうに見える？」

「なんとも、分からん。今戻ってくるから、すぐにどういう話か知れるさ」

「仁ちゃんの病気も心配だけど、そっちのほうも……」

亜矢子が話を止めたのは、美樹がリビングに戻ってきたからだ。お盆に、コーヒーカップが三客載っている。

「熱い飲み物も、よろしいかと思って。インスタントですけど……」

「うちもインスタントコーヒー。淹れるのがめんどくさいし……ごめんなさい、そういうわけじゃ」

「亜矢子さんの言うとおり、レギュラーコーヒーってほんと、めんどくさいですよね。それに、出し殻を捨てるのがもったいないような気がして」

「これって、マキシムのモカじゃございません？」

亜矢子が、一口含んで言った。「そう」と、美樹の驚く一言が返った。「うちのと、同じ味」コーヒーの味は親しみがもてるものの、リビングの様子は段違いである。

大型ソファーに、60型の4Kハイビジョンテレビ、そして高級ウイスキーがずらりと並んだアンチックなボードは、亜矢子と仁一郎が暮らすリビングとはまったく違った景色だ。「……これほどの家に住むなら、富士野原の家はいらないよね」と、亜矢子は心の奥で呟いた。そうそう、インスタントコーヒー談議なんかしている場合ではない。だが、なかなか美樹は本題に入っていこうとしない。肝心な話に入るよう、亜矢子は仁一郎の太腿《ふともも》をつっついた。分かっていると、仁一郎は亜矢子の手を払いのけた。

「さてと美樹さん、夜勤明けでお疲れでしょうから、早いところ話をお聞かせいただけますか」

「ええ、そうでしたわね」

「何か、のっぴきならないことが起きているようで？」

「はい。実は……」

と言ったきり、美樹の話は途切れた。今まで、こんな歯切れの悪い口調の美樹を見たことはない。けっこう物怖《ものお》じせず、話しかけてくる性格の持ち主だ。そうでなくては、浅草の呑み屋で知り合うこともなかっただろう。亜矢子は小首を傾げるも、美樹をせっつくことはなかった。だが、背中を押してあげなければなかなか口を開きそうもない。それは、仁一郎の役目だと、亜矢子は再び太腿をつっついた。今度は小さくうなずきを見せて、仁一郎は美樹に訊ねかける。

「あのう、どなたかが家に……」

「あら。どうしてそれをご存じなのです？」

住んでいるとまでは、仁一郎は言っていない。だが、美樹の反応がたちどころにあった。

「いや、まったくの勘で。美樹さんのその様子じゃ、もう家にどなたかが住んでいるような気がしますが……何があっても驚かない。こちらのほうは、家をもらえるなんて、まだ半信半疑なのだから。ですから、ダメでも気になさることはないですよ」

一千万円が、フイになるかどうかの瀬戸際である。仁一郎は心にもないことを、落ち着いた口調で語った。

「そう言っていただけると、気が楽なのですが。でも、あんな奴らに家を渡すのはいや。どうしても、神田先生にもらっていただきたいのです。それが、祖父の遺言なのですから」

「あんな奴らって、誰なんです？」

「先日、黒塗りのベンツが止まってるって言ってましたよね。もしかしたら、その人たちなのですか？」

立てつづけに、仁一郎と亜矢子の問いが飛んだ。

「ちょっと、亜矢は黙っていろ。二人でやいのやいの訊いたんじゃ、美樹さんだって答えづらいだろ」

「ごめんなさい。あなたに、任せるわ」

亜矢子は一歩引いて、聞き役に回ることにした。しかし、いつでも意見を挟み込めるよう、手ぐすねだけは引いている。

「黒塗りのベンツはともかくとして、白塗りのベンツと関わりがあるのです」

今日は、よくベンツの話が出てくる日だと、亜矢子は思いながら二人のやり取りを聞いている。

「白塗りのベンツって、聞いたことがあるな。そうだ、お祖父さんの葬儀に来ていたという……その方も、不動産屋でしたよね。たしか、麻布かどこかで」

「新宿で話したことを、よく覚えておいでですね」

感心した面持ちで、美樹が言った。

六十五歳を過ぎても、仁一郎は記憶力には自信を持っていた。時代小説を書いていると、数十ページも前に書いたことを、思い出さなくてはいけないことがある。それでもこのごろは、登場人物の名前を忘れることがたびたびあると嘆いているが。「それほどでも……」と、一応は謙遜《けんそん》をする。

「その人は、母の従弟に当たる方です。天野悟という名なんですが」

「そう言っておられましたよね。その方が、どうかなされたと？」

「先日……私が、神田先生のお宅に伺った翌日のことなのですが」

コーヒーカップの取っ手を握りながら、美樹は棚に飾られてあるアンチックなフランス人形に目を向けている。

「母のところに、天野悟から電話が入りまして……」

名を呼び捨てにするところは、美樹にとって、あまり歓迎する人物でないことがうかがえる。

「ちょっと複雑な話なんですけど、聞いていただけます？」

「もちろん。そのために、来たのですから」

仁一郎の言葉に合わせ、亜矢子が小さくうなずきを見せた。

三

美樹の話は、七月十日ごろに遡《さかのぼ》る。

母親である畑山聡子の家の固定電話に、けたたましく着信音が鳴ったのは、時計の針が午前十一時を指したころであった。

〈――もしもし、さとるです〉

さとると聞いても、聡子はすぐには思い出せない。巷で騒がれる、オレオレ詐欺の類《たぐい》かと、返事もせずに聡子は身構えた。

〈もしもし、聞いてますか？　さとるですよ、天野悟……〉

「あら、悟ちゃん」

苗字《みょうじ》まで聞いて、聡子はようやく我に返った。父親である天野清吉の葬儀に、白いベンツに両親を乗せてきた、恰幅のよい男を思い出した。

〈すいませんね、いきなり。伯父さんのお葬式で会って以来だよね〉

「オレオレ詐欺の電話と、間違えちゃったじゃない」

〈今は、オレオレ詐欺なんて言わないよ。振り込め詐欺とか言うんじゃない〉

そんなこと、どっちでもよい。初めてかかってきた天野悟からの電話に、聡子はいく分戸惑いをもった。なんせ、先だっての葬儀のときに会ったのだって、四十年ぶりである。子供のころに時間が止まって、だから今でも互いにちゃんづけで呼ぶ。別に、親しいからではないのと、聡子は思うも口には出さない。悟には、あまりよい印象はない。むしろ、嫌いな部類の子供であった。初めて会ったとき「──おまえ、馬鹿か」と言われた。そんな一言を相手は憶えていないだろうが、言われたほうは末代まで拭《ぬぐ》えないものだ。

「ところで、きょうはなんの用事で電話をかけてきたの？」

嫌な予感に、聡子は言葉にうっとうしそうな臭いを滲ませた。

〈あの富士野原の伯父さんの家、どうなったのかと思って〉

「どうなったのって、もう処分することに決めたわよ」

〈処分するって、どうやって？〉

「どうでもいいじゃない。それが悟ちゃんと、どういう関わりがあるの？」

今さら煩わしい問いなので、聡子の口調は不機嫌そうなものとなった。

〈僕には直接関わりがないけど……〉

もって回った悟の言葉に、聡子はふと一抹の不安を感じた。

「関わりがないけど、どうしたっていうの？」

〈うん。聡子ちゃんは、隆志という男を知ってる？〉

「たかしって……？」

名だけではすぐには思い出せず、聡子は問い返した。

〈天野隆志といえば、分かるんじゃないかな〉

「それって、弟の子よ。あたしには、甥《おい》にあたる……」

〈その隆志君に、きのう会ったのですよ〉

「なんですって！」

聡子の頭の中にまったくなかったことである。素行がすこぶる悪く、親とは十数年も音信不通であった。三年前に亡くなった弟の健二《けんじ》は生前に、隆志のことは勘当したと言っていた。親の葬式にも、顔を出さなかった子供である。だから、親族として存在しないものと思っていた。遠い過去の隙間《すきま》に、たまに思い出す程度の名であった。

「隆志がどうかしたのですか？」

〈ふと思ったことがあって、その隆志君に僕のほうから連絡したんだ〉

「隆志に連絡したって、悟ちゃんとは知り合いだったの？」

〈ああ。半年ほど前に、ひょんなことから知り合って。話をしてたら、なんだか妙な

具合になってきて……〉

「妙な具合って？」

悟と隆志。近縁でなければ、二人とも忘れたい名前である。嫌な因縁を感じた聡子は、声に震えを帯びてきている。

〈世間は広いというか、狭いというか。苗字が同じってことで、話をしているうちにさほど遠縁ではないことを知った。これまで付き合いはまったくなかったけど、血縁なのには違いないからね。僕の伯父さんである、天野清吉さんの孫に当たるって聞いたときは、本当に驚いた〉

聡子は唖然《あぜん》として、口も利けないでいる。それからしばらくは、天野悟の一方的な語りとなった。

〈初対面のときは、なんだか風体も悪く僕もちょっと警戒をしたんだけど、話すと根はけっこういい奴なんだ〉

たった一人の甥っ子を悪く言うつもりはないが、親を困らせていたという不信感を聡子は拭いきれてはいない。その心労で、弟の健二は早死にをしたと言ってもいいくらいだ。今さらいい奴と、ほとんど他人の男から言われても、とても得心できるものではなかった。

「なぜ、隆志に連絡したの？」

〈隆志君にも、伯父さんの遺産相続権があるってのを知ってた？〉

「えっ？」

まったく、気にも留めていなかったことが、受話器を通して聞こえてきた。

〈そんなんで、ちょっと調べさせてもらったけど。天野清吉さんの財産って、ほかに誰も相続権がなかったら、みんな聡子ちゃんに行くことになってるよね。弟の健二さんが生きていれば、聡子ちゃんと二分されることになるんだが。だけど、健二さんは亡くなっていて、その相続権は隆志君が引き継ぐことになる。そういうのを、代襲相続って言うんじゃないかな〉

専門用語を交えてきても、聡子はうろたえるだけだ。

「ええ。でも、十何年も音信不通だったし、どこにいるかまったく分からないし……」

〈たとえ数十年も行き来がなかったとしても、血の縁だけは永久だからね〉

「健二は、隆志を勘当したと言ってたけど」

〈きちんと戸籍上の処理はなされているの？　今の法律ではそう簡単には、親子の縁を断ち切ることはできないよ。口先で勘当できたのは、江戸時代の話さ。かりに、公

正証書で遺言を残しておいたとしても、遺留分としての権利が生じてくるんだ。清吉さんは、遺言書を残しておいたのかな?〉

「私の娘の美樹に、すべてを委《ゆだ》ねると。私も聞いてるし、それには異存がないので……」

〈そのことが書かれた、遺言書があるかどうかを訊いてるんだ〉

悟の語調が強くなってきている。聡子の返事はだんだんと、しどろもどろになって、とうとう答に窮した。

〈もしもし……こっちの話、聞いてる?〉

「ええ……はい」

〈ところで、富士野原の家って、どれくらいの資産価値があるか知ってるの?〉

「地元の不動産屋さんに聞くと、ほとんどないって」

〈評価額はないとしても、プレミアってのがつくのさ。たとえば千円の物でも、どうしても欲しい人にとってみれば、数十倍の値を出してでも手に入れたくなる。それが、プレミアってものさ。僕も不動産屋の端くれだから、あの家の立地条件は隠れたところで人気があるってのは分かっている。そんなんで、僕が買い取ろうと思っていたくらいだ。聡子ちゃんだけの相続だったら、とっくに声をかけていた。でもそこに隆志

という、相続人がもう一人いたんだ。隆志君が、相続放棄をしない限り聡子ちゃん、いや、美樹ちゃんの自由にはならないんだよ〉

実の父親である天野清吉の遺志は、神田仁一郎という作家に、あの家で小説を書いてもらうということだ。その意思は、すでに確認を取っていると美樹から昨夜電話があった。もし、天野悟の言うことが本当ならば、神田仁一郎との約束を違《たが》えることになる。

「それで、隆志はなんと……？」

〈もちろん、権利は行使すると。その仲介を頼まれたんだ。家の、処分も同時に……〉

「分かりました。この件は美樹に任せているの。とりあえず美樹に話して、それから返事をするわ。でも、これだけは言っておきます。父の清吉は、孫は美樹一人だけと言ってました。それと、隆志が高校生になったころ……」

一度だけ正月に、富士野原の家に健二が隆志を連れてきたことがあった。髪を金髪に染め、豹柄《ひょうがら》のジャンパーに身を包み、開けた胸元にはタトゥーまでのぞいている。まだ、高校生になったばかりだというのに。

隆志が大人しく健二についてきたのは、清吉への金の無心が目的であった。そのとき隆志は清吉に、十万円の要求をした。むろん清吉は要求を拒否して、烈火のごとく隆志を叱《しか》った。そこには聡子と美樹もいて、一部始終を見ている。

「そのとき隆志は、お父さんに向かってなんて言ったと思う？　あろうことか自分の祖父に対して『——このくそ爺《じじ》い、ぶっ殺してやる』って、悪態をついたのよ。ぶっ殺されはしなかったけど、父が隆志と接触したのは後先、それ一度だけ。そんな子に、誰が財産を分けられるっていうの」

聡子は、涙ながらに訴えた。

〈そうはいっても、法律とあらば仕方がないことさ。いずれにしろ、隆志君に相続放棄の意思がなければ、二分の一は彼のものになる。よく考えておいてくれないかな、また電話をするよ〉

返事をせずに、聡子のほうから電話を切った。

美樹の話を、亜矢子と仁一郎はテーブルに目を向けながら聞いた。

その話が本当ならば、引かざるを得ない。親族の話となれば、他人が口を挟むことはできないからだ。ケセラセラとは、いかなくなった。

「分かりました」

仁一郎が、重い口を開いた。

「そういうことになってるのだったら、美樹さんも早く報せてくれればよかったのに。でも、言い出しづらいよな。気持ちは、ようく分かる」

一千万は飛んでいくが、こうなるのが落ちと苦笑いしか浮かべられない。亜矢子も、仁一郎に合わせ、うなずく以外にない。

「その話だけでしたら、すぐにでもおうかがいして謝るつもりでおりました。実は、この話には続きがありまして」

「いったい、どういうことで？」

まだ諦めるのは早そうだとばかり、仁一郎が一膝乗り出して訊いた。

「その後もいろいろありまして、それでご連絡が遅くなったのです。今はもう、何がなんだか分からなくなって」

「……なんだか、相当に複雑そう」

うつむいて、首を振りながら話す美樹を見つめながら、亜矢子の口から呟きが漏れた。

壁にかかる鳩《はと》時計が、午後の三時を鳴らす。外は一日のうちで一番暑い時間帯である。クーラーの効いた部屋からは、一歩も出たくない。

「ゆっくりと話が聞けます。何があったか、語ってもらえますか？　お身内の話で、言いづらいこともあるでしょうけど」

「ええ。先生のおっしゃるとおり、身内の恥ってのはなかなか口に出せないものですね。一族の恥部を曝《さら》け出すようで」

美樹の、一番の憂いはこの親族問題にあった。

「親族がどうあろうと、わたしらは美樹さんだけを見てますので。それに、どこの家庭にだって、誰にも話したくないことの三つ四つはありますよ」

複数にしたのは大袈裟《おおげさ》ではなく、仁一郎の本心から出たことである。「三つ四つじゃ、少ないほうだ」と、さらに言葉を乗せた。それは、仁一郎が自身に言い聞かせる口調に、亜矢子には聞こえていた。現実に、美樹にはまだ隠していることがある。

「お気持ちが楽になるようでしたら、どうぞお聞かせください」

スキンヘッドの仁一郎の言葉が、懺悔《ざんげ》を聞く僧侶を彷彿《ほうふつ》させる。それほど崇高に、亜矢子には思えていた。

四

以下の語りは、美樹の回想である。

「悟さんと話したあと、母はそのことを告げに私に電話をかけてきました。その、うろたえ方ったら……」

尋常でなかったと、美樹は言葉を添えた。

「──お母さん、しっかりして。相手はヤクザじゃないのよ」

〈それは分かってるけどねえ、あの高飛車なものの言い方。昔から好かなかったわ〉

「それで、なんて言ってきたの？　そうだ、折り返し電話する」

長電話になりそうだ。電話番号は、固定電話からのものだ。電話代が相当かかると気を遣い、かけ放題契約の、美樹のスマホからかけ直すことにした。

〈もしもし……〉

送信音一回で、聡子が電話に出た。

「それで、なんて……？」

聡子は美樹に、時間をかけてあらましを語った。

「隆志にも相続権がある。それを、悟さんが仲介に入ろうってのね」

〈どうしようかねえ、困っちゃったよ〉

「それは、お母さんの意思にかかってる。私のほうは、神田先生に断ればいいことだから。そういう事情だったら、先生だって納得してくれると思うわ」

〈でもねえ。あたし、あいつらにはあげたくないんだよ。だったら、お父さんの遺志を尊重して、神田先生に住んでもらったほうがよっぽど功徳《くどく》だし、お父さんも喜んでくれる〉

あくまでも、父天野清吉の遺志を尊重しようと聡子は言う。美樹も、それには同感であった。

「それで悟さんは、あの家にどれほどの価値があると言ってるの？」

〈それは聞かなかったけど、あたしたちが想像してる数倍にはなるらしいわ。そういう売れ筋を知ってるらしいの。それに、自分で買いたいとも言ってたから〉

「だったら、少なくても一千万以上にはなるんでしょうね」

〈もしそのくらいになったとしたら、美樹はお金が欲しいのかい？〉

「それは、欲しいわよ。お金なんて、あればあるほどありがたいもの。でもね、それ以上に大事なものは、捨てることができない」

〈美樹が考える大事なものって？〉

「お祖父ちゃんの、真心よ。とくに隆志なんかに、びた一文分けたくないんじゃないの」

〈お父さんに向かって、酷《ひど》いこと言ったからねえ〉

「それで、お母さんはどうなの？ 売りに回せば、数百万になるのよ。惜しいとは、思わない？」

〈とんでもない。あたしを見くびらないでよ。気持ちは美樹と同じだから。神田先生と約束したんだろうし、美樹には恥を搔かせられないもんね〉

当座の生活に困るわけでもない。老後も、充分に安心して暮らしていける。逆に、まとまった金が入るとそのほうが不安だと、聡子は欲のないことを言った。

〈それに……〉

次の聡子の言葉が、気持ちを決定的なものにする。

〈さっきも言ったけど、あたし、あの男たち大嫌いなの〉

語調に力がこもっている。それを、スマホを通して美樹には、はっきりと聞こえてきた。

「お母さん、だったら徹底的に争いましょ」

〈争うって?〉

「弁護士を入れるのよ。私たちだけでは、悟さんの口には勝てっこない。それに、お金に目が眩《くら》んでいる人たちだから、何をしてくるか分からないでしょ」

美樹と聡子が隆志の風体で憶えているのは、金髪の頭に豹柄のジャンパー、それと胸に彫られたタトゥーである。

〈でも、怖いわ。それと、弁護士なんて、うちの人にも相談してみないと……〉

やはり、聡子が怖気《おじけ》づくのは仕方ないと美樹も思った。身内同士での遺産相続の諍《いさか》いから、人殺しに至るのは、世間でままあることだ。

「だったら、お父さんにも相談してみて。私も俊介《しゅんすけ》に相談してみるから」

俊介とは、美樹の夫である。

「その上で、あしたまた話し合いましょ」

一時間に近い、長い電話であった。美樹はすぐにこのことを、亜矢子に報せようと履歴を開いたが、そのアイコンを押すのは止《や》めた。まだ、どうなるか分かってないのと、気持ちが落ち着かなかったからだ。

その夜美樹は、夫の俊介に一件を語った。

土日にかかり、二日連続の休みはありがたい。多少は夜更かしができる。ソファーではなく、キッチンテーブルで二人は向かい合った。俊介の晩酌に付き合う形で、美樹は話しかけた。三十分以上かけて語ったが、俊介からの答はたった一言である。

「好きにやったら、いいよ」

話が分かる人と思ったがそうではない。俊介は食事を済ませると、ソファーの真ん中にどっかと音を立てて腰かけた。そして、テレビのリモコンをつかむと、電源を入れた。

「今日は、FC東京対浦和レッズがあるんだ」

なんということはない。サッカーのほうに、俊介は気が向いていたのだ。「すぐそこなんだから、行って観てくればいいじゃない」と、美樹はふくれっ面となった。家は、味の素スタジアムの照明灯が届く距離にある。時として、歓声すら聞こえてくる。

「珍しくBSで中継があるんでな、何も行くことなんかない。ここが一番の特等席だ」ウイスキーのグラスを片手に、60インチの大画面に向かって俊介が声援を送る。

「きょうこそは勝ってくれよ。浦和なんかに負けるんじゃねえぞ！」と没頭したからには、もう美樹のほうなど見向きもしない。

「ダメだこりゃ」

キッチンテーブルに座り、美樹は大きくため息を吐《つ》くと、一気にビールを呷《あお》った。

そこに、アナウンサーの絶叫が聞こえてきた。

〈アウェーの浦和レッズ、開始早々一点先取！〉

ざまあみろと、美樹は悪態を吐いた。


翌日の朝、美樹は聡子の携帯に電話をかけた。

「もしもし、お母さん……お父さんに相談した？」

〈ええ。相談したのだけど、好きなようにやれって。まったく、関心がないの〉

「うちとおんなじ。ダメよ、FC東京がはじまっちゃって」

〈うちもそうなんだよ。なんで、サッカーなんてあるんだろうね〉

「まったく頼りないったら、ありゃしない。馬鹿亭主ども」

〈でも、好きにやれってんだからいいじゃないの。ところで美樹は、いい弁護士さんを知ってるの？〉

インターネットなどから、相続関係に強そうな弁護士を探しても、どうも一つ踏み切れない。やはり、人からの紹介のほうが頼りになると思えど、生憎と友人知人関係に法曹界を知る者は一人もいない。そこで、すでに登記移転の事務を相談していた行政書士に、話をもちかけることにした。インターネットから探し、安価でやってくれるのと近所との理由で、話を持ち込んだ行政書士だ。

「今登記移転を相談している、行政書士の山口さんから紹介してもらおうかと思っているの。あながち関わりのない仕事じゃないでしょ」

〈その人、なかなか動いてくれないって、あなた文句を言ってたじゃない〉

聡子が言うように、どうにも山口は頼りない。行政書士だけでは食べていけず、普段はタクシーを転がしている男である。たいして難しい仕事でないと相談していたが、ズルズルと時間だけが経ってしまっていた。

「それでも、弁護士さんくらいは知ってるでしょ」

亭主たちが頼りないなら、山口に相談に乗ってもらうより仕方がない。

〈でも、弁護士費用って、大変じゃないの？〉

「いくらかかってもいいじゃない」

〈そうよね。あんな奴らに富士野原の家を渡すくらいなら、あたしもお金を出すわ。意地でも負けたくない〉

美樹と聡子の、鼻息が荒くなった。

ここまで話し、美樹は冷めたコーヒーを一口啜《すす》った。

亜矢子と仁一郎は、一言も挟まず話を聞いていた。

「弁護士を雇ってまで……」

仁一郎が、ようやく口を開いた。親族同士の争いに、自分らが絡んでいてはさすがに気が引けると、仁一郎の思いが隣に座る亜矢子に向いた。同意を求めている表情に、亜矢子は小さくうなずきで応えた。

「美樹さん……」

仁一郎が、呼びかけるように美樹に声をかけた。

「はい……」

「家の話、なかったことにしてもらえませんかな」

仁一郎からの、申し出であった。もしや、この答を美樹は期待していたのではないかと、亜矢子は考えていた。だが、美樹の反応は思うところと違っていた。

「いいえ。そんなつもりで、お話をしたのではございません。やはり、あの家は神田先生にご自由に使っていただきたいのです」

しかし、うしろめたい気持ちが、亜矢子にものを言わせる。

「だけど、やっぱり気が引けるわ。しかも、高額で売れると分かったら、とてもいただくわけにはまいりません」

亜矢子が、きっぱりと言い切った。自分らが住むならまだしも、売却を目論んでいるのだ。それも、美樹たちの言う額より遥かに高額で。

——弁護士代を使わせて、こちらは一千万をせしめる。この性根《しょうね》、悪党よりも劣るわ。

「それに、聞いてみると相手が相手でしょ。間違いなくお金目当てってことでしょうから、何をしてくるか分からないし。危害でも加えられたら、あたしたちも責任を感じちゃう」

「亜矢ちゃん、おいとましようか」

仁一郎も、亜矢子と同じ思いである。こういう場合の引きは、早いほうがよい。諦めというより、人としての決断の意思を相手に示す。そんな武士道精神を、仁一郎は何かの作品に書いたことがある。「そうね」と亜矢子は応えて、二人はソファーから腰を浮かせた。

「ちょっと、お待ちください」

美樹が、二人を引き止める。

「もう少し、私の話を聞いていただけますでしょうか?」

外はまだ暑そうだ。涼むために、美樹の話を聞くことにした。亜矢子と仁一郎は、再びソファーに腰を落とした。

「お話は、これからが本番といってよいのです」

本番という言葉に重い意味を感じたか、仁一郎はソファーに深く座り直した。そして、腰を折って上半身を前に傾け、聞く耳を美樹に向けている。

美樹の口から何が語られるか。一千万は頭の中から消えたが、亜矢子の興味は別のところへと移った。

五

腰を落ち着かせ、美樹は、思い出すように正面を見据えて語り出す。

「弁護士さんが、なかなか決まらなくて……」

行政書士の山口から紹介された弁護士も、これまた頼りない。電話でアポを取ろうとしたところ開口一番「――相談料は三十分で五千円。着手金は、前払いでお願いします」と、まずは金の話から持ち出され、美樹はその場で電話を切った。

「先日、亜矢子さんに少し待ってくださいと、ＬＩＮＥを差し上げましたわね」

その心の内には、弁護士が決まらないとの言い訳が含まれていた。

「ええ」

亜矢子はLINEの履歴を開いて見た。着信の日付けは七月十五日となっている。あれからもう、十日以上が経っていたのだ。

「LINEを差し上げてから、およそ一時間後のこと……」

美樹の話は、七月十五日に遡る。

スマホの呼び出し音に、発信者の名を見ると富士野原の家の隣人からであった。

〈大変だよ、美樹さん。お爺さんの家に変な人が三、四人来て入り込んでるよ。なんだか、ヤクザっぽい人たち〉

「なんですって！」

美樹は、仰天して思わず声を張り上げた。

〈なんであんな人たちが来てるのか、美樹さんに心当たりはないの？〉

「いいえ、まったく」

心当たりがあるとすれば、隆志の筋と思われる。しかし、隣人にはそのことは黙っておいた。

〈以前、変な人が家をのぞいていたけど、その人たちと関わりがあるのかなあ？〉

「ちょっと、知人に家の話をしたから。その人に確かめたら、家を見に行ったたって。前に奥さんが見たのはその人たちだと思うけど、今度はヤクザっぽい人たちなんでしょ？」

〈どうだろ、警察に報せる？　黙ってたら、住み着いちゃうかもしれないわよ〉

あきらかに、不法侵入である。だが、いくら無法者とはいえ理由もなく他人の家に入り込んだりはしないだろう。ここで美樹に疑問が浮かんだ。——家のドアを、どうやって開けたのだろうか？　マスターキーもスペアキーも、美樹の手元にあるのだ。

「あした休みを取って、私が行きます。奥さんには、ご迷惑かけられません。それでなくても、不安でしょうから」

〈迷惑でもないし、不安でもないわよ。でも、やっぱり不気味よね、ああいう人たちって〉

口では平静を装うも、心の内ではなんとかしてと、美樹にすがる思いが隣人の口調に表れている。

「ごめんなさいね。こちらで、なんとかしますから」

〈美樹さんも、何かと大変ねえ〉

「お心遣い、ありがとうございます」

一礼をして美樹は、電話を切った。

幸い翌日は、看護師のローテーションに余裕があり、美樹がいなくても業務に支障がない。看護師長の許可をもらい、一日を富士野原行きにあてた。

ヤクザを相手に独りでは不安だから、夫の俊介についていってもらいたかった。だが、生憎と大事な仕事があり、休むわけにはいかない。状況も分からずに、警察を頼ることもできない。美樹は仕方なく、勇気を振り絞り、独りで相対することにした。

「……まさか、暴力を振るわれることはないでしょ。それでも、何かあったら対策だけは練っておかなくては」

車を運転しながら、美樹は策を考えた。

富士野原に着くと、世話になっていた隣人をまずは訪ねた。

「昨日は、お報せいただいてありがとうございました」

持参した手土産を渡しながら、美樹は礼を言った。

「これから行って、話をしてきます」

「美樹さん独りで、大丈夫なの？」

「そこで、お願いが。一時間して私が家から出てこなかったら、110番していただけないでしょうか？」

いつか推理小説で読んだ一節を、美樹はアイデアに取り入れた。

「それはいいけど。でも、相手はいったい誰なの？」

「私もまったく心当たりがないのです。おそらく、空き家だと知ってホームレスが住み込んだのではないかと。とにかく、行ってまいります」

「一時間経ったら１１０番ね。よし、任せといて」

強い口調に、美樹は心強さを感じ、いく分気持ちを奮い立たせることができた。

「よろしくお願いします」

「くれぐれも、気をつけてよね」

ありがとうございますと、深く一礼して美樹は、今は亡き祖父の家へと向かった。隣といっても、軒は接していない。一つ畑を挟んで、三十メートルは離れている。車を空き地に停《と》めて、歩くことにした。富士山の山頂が、間近に望める。雪をまったく被っていない、茶色の山であった。

その富士山を眺めて歩くのも、美樹にとっては足取りの重い距離であった。

家の外からは、人がいる気配はうかがえない。

ガレージの前に白のワンボックスカーが止まっているので、中にいることはいる。

玄関ドアの前に立ち、美樹は一呼吸置いた。そしてバッグから鍵を取り出すと、上下二か所ある鍵穴に差し込んだ。ドアを開けると三和土《たたき》に、革靴とスニーカーが、都合三足無造作に脱ぎ捨ててある。少なくとも、三人は中にいるということだ。スニーカーはブランド物で汚れもなく、ホームレスたちではなさそうだ。

上がっていくまでの勇気はない。

「どなたかいるのですか？」

美樹は気力を振り絞って、玄関先から一声を投げた。すると、廊下を伝ってドヤドヤと足音が近づいてくる。そして、三人が横並びとなって式台に立ち、美樹を見下ろす形になった。

「どちらさんで？」

真ん中に立つ、三十歳を少し超えたあたりの、オールバックの髪型に、ポロシャツを着た男が美樹に問うた。両隣に立つ男は、二人とも二十歳前後と若い。Tシャツに短パンを穿《は》いて、夏向きのラフな格好である。きょう日暴力団員でも、自分はヤクザですと、一目で分かるような格好をしている者はいない。だが、人を刺すような鋭い目つきと、醸し出す無頼の雰囲気はあきらかにその筋のヤカラである。美樹は、それに怯《ひる》むことなく向き合った。

「あなたたちこそ、どちらさんで？　ここは、私の家ですけど」

「というと、あんた天野の身内かい？」

オールバックの男が、美樹と相対する。いたずらに怖がらせても損だと思っているのか、口調は穏やかである。

「天野って、たくさんいるけど……」

「隆志って男を知ってるか？」

「えっ！」

予測はしていたものの、いざ面と向かって言われると驚きが顔に出る。

「隆志って従弟だけど、それがどうしたというんです？」

「俺たちはあの男に、五百万て金を貸してあってな……おい、ちょっと証文を見せてあげな」

傍らの若い者に言いつけると、駆けるように奥の部屋へと向かった。すぐに、封筒を手にして戻ってくる。Ｂ４の罫紙《けいし》に書かれた借用書を取り出し、オールバックの男に渡した。

「これを読んでもらえば分かると思うけどね……」

元金五百万としてあり、日歩計算の金利など、読んでもどれほどなのか分からない。暴利なのは、間違いないだろう。借主の甲が『天野隆志』で、貸主の乙が『株式会社大光興行』としてある。返済期限は、一月半ほど前の五月三十一日となっている。

「もう、とっくに弁済期限は過ぎていてね、ここを読んでくれないかな」

男の指が、小さくペン文字で書かれた数行を指している。あとから書き加えられたものと見える。

「ここにね、こう書かれてあるんだ。『右期限に返済できない場合は、静岡県富士野原市……の家を、代物として弁済いたします』とね」

美樹が手にするまでもなく、オールバックの男が声を出して読んだ。

「捨て印のところに、二行追加ありと書かれているだろ。隆志さんが自筆で書き加えたものだ。証書としては、どこにもっていっても恥ずかしくないものだ」

「この家は、隆志のものではございませんよ」

「だったら、誰のもので？」

「祖父のものです」

「その爺さんてのは、もう死んだんだろ。隆志さんは、自分にも相続権があると言ってた」

「でも、あの人なんかにはこの家は渡しはしません」

「お身内のいざこざは、こっちには関わりのないことだ。ここにこういう貸状がある限り、そちらさんもこの家の処分は勝手にはできないってことになる」

「だといって、勝手に上がり込んでいいものなんですか？」

「まあ、半分はうちのものだからな。五百万と利息分、それに延滞遅延金を含めりゃ……」

「七百万近くになりますね」

傍らの若い男が、ざっとの額を口にした。

「そいつを、耳を揃《そろ》えて弁済してもらうまで、ここに住まわせてもらうことにするよ」

理屈では、相手は百戦錬磨である。美樹では、とうてい太刀打ちできない。

「不法侵入で、警察を呼びますよ」

警察と言えば、それでも少しは怯むと思い、美樹は抗った。

「どうぞ、どうぞ。警視総監だろうが県警本部長だろうが、誰だろうが連れてきてもらってもかまわないよ」

まったく、動じる気配はない。

「警察は、民事不介入といってね、こういうことには口を出さないってのを知ってた？」

美樹を見下すように、傍らの若い男が言った。

一日でもこんな男たちに住んでいてもらいたくはない。すぐに出ていってほしいが、すんなりと言うことを聞くようなヤカラではない。どうしようかと、美樹が考えているところにオールバックの声がかかった。

「俺たちだって、この家を壊そうとか汚そうなんて気はさらさらないさ。そんなことしたら、家の価値が下がるだけでこっちも損する。早いとこ高く売ってもらって、金を返してもらうまでは、大事に住まわせてもらうよ。電気や水道は止まっているけど、そいつはしょうがないわな」

まったく取りつく島がない。口で敵わなければ、さてどうしようかと、美樹は思案に耽《ふけ》った。

美樹は粘ろうと思った。少なくとも、一時間以上は。

六

時間を稼ごうと、美樹はいろいろな質問を考える。

「鍵もなくてこの家の中に、どうやって入ったのですか?」

「俺たちは、泥棒じゃない。立派な大義名分があるからそいつを言って、一万円も日当を払えば鍵屋だって喜んで開けてくれるさ」

ずっと疑問に思っていたことが、簡単にあしらわれる。

「もし、隆志が借金を払わなかったらどうなるのですか?」

「従弟を呼び捨てにするようじゃ、相当に気が合わないようだな」

「他人と話をするのに、身内に敬称をつける人ってどこにいます?」

余計なことだが、これも時間稼ぎだ。あえて相手を怒らせようと、美樹はさらにつけ加える。

「そんなことも知らないなんて、あんたたちこそおかしいんじゃない。よく、金貸しなんかやってられますね」

「そう言われりゃ、そうだな。おまえらも、こういった常識は憶えときな」

「はい」

脇に立つ、若い衆《し》たちの返事が揃う。美樹の目論見は、今度も軽くいなされた。まだ三十分ほどしか経っていない。ずっと三和土に立ちっぱなしなので、美樹のふくらはぎに少し疲れが溜《た》まってきている。もう少し我慢をしていれば、お隣の奥さんが110番通報してくれる。相手を怒らせ脅されでもしたら、強制退去させられるのではないかと美樹は踏んでいた。しかし、さすがになかなか相手は尻尾《しっぽ》を現さない。

「それで、さっきの質問に答えてくれますか?」

「さっきの質問て、なんだったっけ?」

「隆志が、借金を払わなかった場合です」

「そうだなあ。連帯保証人がないんでな、借金の担保は隆志さんの体だ。いかようにもしてくれと、ここに書いてある。ということは、ちょっと遠い国に行ってもらうか、マグロ船に乗って五年ばかり下働きしてもらうかだな。マグロ船は、かなり給料もいいらしいし、それでもって弁済してもらうことになる」

借金の形《かた》でマグロ船で働くのは、ただ働きを意味する。刑務所にいるより辛《つら》いらしいと、美樹は以前聞いたことがある。それは、患者との雑談の中にあった。それと、遠い国に行くというのは、看護師ならば、朧《おぼろ》に意味は通じる。『臓器売買』美樹が真っ先に思いついたのは、その言葉であった。

「隆志さんは、どっちも嫌だと言ってな、この二行を書き足したのさ。捨て印があれば、その意思は有効とみなされる。そのくらいは、知ってるよね」

暴力金融の一端を垣間見せるが、けっして脅し口調ではない。表情も穏やかに語る。だが、奥に秘めた威圧に、美樹は押し潰されそうになった。

「ええ……」

返す言葉がなく、美樹の、蚊が哭《な》くほどの声音であった。

「この家の代物弁済となると、あんたらと俺たちの争いとなるな。口喧嘩《くちげんか》なんかではないぞ。隆志さんの相続権を、こっちに譲渡してもらう。それを盾に、法廷に持ち込むつもりだ。つまり、裁判沙汰《ざた》ってことだな。そっちも弁護士を雇わなくてはならないだろうし、面倒臭いことになるよ」

弁護士を雇うのは、端《はな》から承知の上である。だが、隆志が相手ではなくて、第三者と争わなくてはならないのだ。手間と費用は相当に違ってくるだろう。

「一番手っ取り早いのは、この家を高値で売って、隆志さんの借金を返してくれることだな。そんなに、難しいことじゃないだろ」

「この家なら、千六百万で売れると言ってるぜ」

左に立つ若い男が、口を出した。

「おい、余計なことを言うんじゃねえ」

それを、オールバックが叱り飛ばした。

「誰が、千六百万って言ったのです？」

「誰だっていい。こっちだって、そのくらいのことは調べてあるさ」

だんだんと、美樹を支える足の力が抜けていく。このままではいつ頽《くずお》れるか分からない。とても、一時間はもちそうもなかった。

「家を売るのを断ると言えば……？」

美樹の、最後の抗いとなった。

「そりゃさっき言ったように、遠い国かマグロ船ってことだな。あんたの従弟をそうしてよけりゃ、俺たちは今すぐにもここを出ていくよ」

いくら嫌いな従弟でも、それを承諾したら人道に背く。

——天野清吉の真心と、天野隆志の命。

今、美樹が心に抱いているのは、即答のできない究極の選択であった。

「少し、お時間をいただけないかしら？」

「どれくらい？」

「二週間ほど。私一人では決められませんので……必ず、こちらから連絡します」

「分かった。ただし、その分延滞利息は増えていくよ」

ここまでくれば、隆志の借金がいくら膨れ上がろうが、もう別の問題だ。

「仕方ございませんね。その代わり、今すぐここを出てっていただけませんか？」

「必ず連絡をくれると約束すりゃ、今すぐにも出ていくよ。実は、話ができる奴が来るのを待ってたんだ。あんたの連絡先を教えてくれ」

教えたくなかったが、仕方ない。渋々美樹は携帯の電話番号を教え、相手からは名刺をもらった。大光興行の社名と横山靖男という男の名が、仰々しく太文字の楷書《かいしょ》で書かれてある。見るからに、その筋の威圧を感じさせる名刺のデザインであった。

――こんなところから、お金を借りるなんて。

と思ってはみても、口には出さない。

「横山さんにご連絡すれば、よろしいのですね？」

「ああ。そういうことだ」

「ところで、もう一つお訊きしたいのですけど」

「なんだね？」

「横山さんは、黒塗りのベンツに乗ってません？」

「ああ、乗ってるよ。それが、どうした？」

「いえ、なんでもありません」

どうやら、１１０番通報はしなくてよさそうだ。

「それじゃ、お約束です。すぐに出ていっていただけますか。部屋の中は、私が片付けますから」

「分かった。俺たちの荷物を持ってきな」

若い衆二人に言いつけると、横山の顔が美樹に向いた。

「あんたも大変だな。できの悪い従兄弟たちをもって」

「まったくです。ですが、どんなに放蕩《ほうとう》者でも、臓器を売らせるわけにはいかないでしょ」

「臓器だなんて、ずいぶんと気の強いことが言えるな」

「私、看護師ですから、人の内臓は毎日見ています」

「なるほどな」

横山がうなずいたところで、手提げバッグを持った若い衆二人が戻ってきた。

どうにか、家からは追い出すことができた。美樹は上がって、部屋の中を見回した。

意外にも、きちんと片付いている。ただ、テーブルの上には、コンビニで買った食料と、ビールの空き缶が散乱している。ライフラインを止めてあるので、さぞや不自由だったろうと美樹は苦笑する。冷房も効かないので、北側の窓が開いている。「……大人しく引き下がったのも分かるわ」と、美樹は独りごちた。

　車に乗る前に、隣人を訪れる。

「よく、ご無事で戻ってこられましたね。そろそろ１１０番通報しようと思ってたところ」

「ご心配をおかけしました。でも、もう出ていきましたわ」

「それで、誰だったの？」

「従弟の友人たちでした。別荘代わりに借りたと、言ってました。一言こっちに、断ってくれればよかったのですのにねえ」

　事件性がないと感じたか、隣人は、安堵《あんど》半分失望半分が交ざった複雑な表情であった。危険さえおよばなければ、他人の家の一悶着《ひともんちゃく》は、誰しもが垣間見《かいまみ》たいものだというのがよく分かる。

　外は、ミンミン蟬《ぜみ》の大合唱だ。だが、閉め切った部屋には聞こえてこない。

美樹の長い話を聞いていたら、すでに午後の四時を回っている。それでも亜矢子と仁一郎は、ソファーから腰を浮かすことはなかった。

「暴力金融が絡んでたのか。今どきマグロ船で脅すとは、ずいぶんと古《いにしえ》のヤクザだな。それはともかく亜矢ちゃん、やっぱり家をいただくことはできないな。その、隆志さんとやらの命と引き換えになんて、とてもじゃないが住むことなんてできんよ」

仁一郎が話しかけても、亜矢子の顔は美樹に向いている。

「美樹さん、実はあの富士野原の家……」

「おい。黙って、引き下がろう」

「仁ちゃん。あたしたちの気持ちを、美樹さんに正直に伝えておきましょうよ」

「そうだな。それが、気を遣ってもらったお祖父さんへの仁義ってもんだ」

「あんた、ヤクザ映画の見すぎよ」

「余計なことは言わなくていいから、おまえから美樹さんに話しな」

「実はね、美樹さん……」

美樹の、居ずまいを正して聞く姿勢に向けて、亜矢子はおもむろに話しはじめた。とうとう、隠しておいたことを打ち明ける。

「本当はあの家に住むのではなく、いただいたらあたしたち、すぐに売ろうとしてたのです。すでに、二千万で売る手はずはついているの」

「……二千万」

美樹の口から呟きが漏れ、驚く表情が亜矢子に向いた。だが、それ以上口を挟もうとはしてこない。

「ごめんなさいね、黙ってたりして。主人が病気になって、急にこの先の生活が不安になって。正直に言いますと、うちにはほとんど蓄えってのがなくて、逆に急にお金が入り用になったの」

「それというのも、昔、自分が仕事で作った借金を、今になって返してましてね……」

「いいから仁ちゃんは、黙っててちょうだい。そんなこともあり、そこにこの病気でしょ。半年近く仕事ができず、そこにもってきて税務署が、預かっている消費税を支払いなさいって。それが、すごい額なの」

「おいくらくらい？」

「二百八十万……」

「そんなに！」

「どうしようかと考えていたところに、美樹さんからの家がもらえる話でしょ。知人を伝手《つて》に不動産屋さんに訊いたら、あの家はなんと二千万で買い手がつくと。折半でも、一千万あればなんとか凌《しの》げる。でも、いくらなんでもそんなこと、美樹さんには語れないでしょ。ですから、あくまでも住むことを前提にして、いただこうとしていたのです。恥ずかしながら、あたしたちも、お金に目が眩んでいたの。でも、今の美樹さんの話を聞いてたら、とてもそんなことできはしない。あたしたちのことは放っておいて、従弟の隆志さんを助けてあげて。やはり、血のつながった、お身内を大事にして差し上げてくださいな」

「亜矢子さんのお気持ちは、痛いほどよく分かりました。正直にお話しいただけて、ありがとうございます。でも、ご心配なさらないで。でしたらなおさら、神田先生にもらっていただきたいです」

「それはできないですよ、いくらなんでも」

仁一郎が、手を振って大仰に拒んだ。

「そうですわ。それじゃ、隆志さんの命が……」

「人道に、悖《もと》る！」

仁一郎が、興奮気味に口角泡を飛ばした。

「まあ、そう興奮なさらず、これにはまだ話のつづきがあるのです」

つづきと聞いて、仁一郎は前のめりになった体を、ソファーの背もたれに戻した。

まだまだ、美樹の話は止みそうにない。

「夕ご飯のお仕度大丈夫なの？」

夕刻にかかる時間である。亜矢子が、それなりの気を遣った。

「いつも主人の帰りは、八時ごろですから」

鳩時計を見ながら、余裕があるとの美樹の素振りであった。

第五章　夢の一軒家

一

美樹の話はどっちに転ぶか、まだ分からない。

売ると打ち明けても、それは承諾したとの答が美樹からあった。それでも亜矢子と仁一郎は、安堵半分不安半分の縁にいた。そんな心持ちを抱いて、美樹の話の先を聞く。

「それは私だって、マグロ船とか臓器売買……そうは言ってませんでしたが、とにかくどんな極道な従弟であっても、人の命には換えられません。そこで考えたのです。亜矢子さんは二千万と言ってましたが、悟さんからの提示は千六百万でした。千六百万で売れるとあったら、そちらに処分をお願いし、半分を隆志の借金に充当し、もう半分を、神田先生にいただいてもらおうと思ってました。いえ、これは是非にも受け取っていただきたいのです。以前お話ししたと思いますが、祖父にタニマチの気分を味わってもらいたいのです。両親と主人に話したら、快く了承してくれました」

「でも、八百万ですよ」

あまりにも多いのではと、この期におよんで亜矢子もさすがに遠慮する。さっきまでは、一千万が脳裏にひしめいていたのだが。

「いいえ、額ではありません。それよりも、先の話を聞いていただけますか？」

「ごめんなさい」

余計な口出しだったかと、亜矢子は柔らかいクッションに身を沈めた。

「悟さんから電話があったのは、富士野原の家に行った翌々日でした。彼と話をするのは、祖父の葬儀のとき以来です」

美樹の口から、それ以後のことが語られる。時間を気にすることなく話を聞こうと、亜矢子と仁一郎は体を前に乗り出し、美樹の言葉に耳を傾けた。

十日ほど前のことである。

本来ならば、権利書などの書類が揃って、そろそろ亜矢子に連絡をする手はずであった。だが、隆志の一件が持ち上がり、そこにヤクザまがいの金融が絡んでくれば話はややこしくなる。美樹が、どうしたものかと考えているときに、悟からの電話があった。

見覚えのない電話番号の表示に、美樹は横山靖男の四角張った顔を思い出した。不快な気分で、一声をかける。

「もしもし……」

〈美樹ちゃんの電話でいいかい？〉

いきなり、馴《な》れ馴れしい口調であった。声音に憶えはないが、横山でないことは確かだ。「はい」と、仕方なしに答える。

〈お母さんから電話番号を聞いたんだ。俺、さとる。憶えてないかな、お祖父さんの弔いのとき……〉

「はい、憶えてます。その節は、ご苦労さまでした。それで、何か……？」

〈お母さんから、話は聞いてないかな？　富士野原の家の話……〉

「聞いてますけど、それがどうしたと？」

美樹が、半分惚《とぼ》けるように訊いた。

〈いやね、勝手に処分されちゃ困ると思って。そのことを聡子ちゃんに言ったら、美

樹ちゃんと話してくれって〉

「そのお話でしたら……」

〈ちょっと、待って。電話を切らないで、大事な話なんだから〉

「隆志って人の、話でしょ」

〈ああ、そうだ。その隆志君にも、相続の権利があるって知ってるよね。あんたのお母さんが、話してあるって言ってたから。それとなんだか、あの家をどこかの小説家にあげるとかも聞いた。とんでもない、そんなことはできないし、させることもできん〉

　だんだんと、悟の口調が居丈高《いたけだか》になってきている。言い分はこちらにあると、そんな自信をのぞかせる、言葉の響きであった。

〈あの家の売買をこっちに任せれば、今は千六百万の値で売れる〉

　このとき美樹は思っていた。富士野原の家でも大光興行の若い衆が、千六百万とか言っていた。それを、横山が咎《とが》めたのを思い出した。

〈実はな、隆志君は今、大変なことになっているんだ〉

「それは知ってます。ヤクザまがいの金融からお金を借りているんでしょ」

〈よく知ってるね〉

「おととい、富士野原の家に行ったら、その人たちが住み着いていましたから」

〈だったら、話は聞いてるよね。美樹は、見も知らぬ作家と血縁のある従弟、どっちが大事だと思ってる？〉

名も、呼び捨てとなっている。

「それは、作家さんのほうに決まってるわ。隆志なんて、十数年前に一度しか会ってないし、それもお祖父ちゃんをあからさまに罵《ののし》ったことしか記憶にないから。そんな人のために、なんで役に立ってあげなくてはいけないの？」

少しは気が向いていたものが、天野悟のもの言いに反発を感じたか、美樹は抗う語調となった。

〈身内だってのに、ずいぶんと冷たいもの言いだな〉

「一度でも、身内らしいことをしたっていうの？　家をもらってくださる作家さんは、少なくともお祖父ちゃんの心を癒してくれていたわ。その作家さんに住んでもらいたいっていうのが、お祖父ちゃんの望みなんです。誰だって、どちらを選ぶかは一目瞭然《りょうぜん》でしょ」

だが、法律は血縁のほうを優先する。

〈そうは言っても、相続権は隆志君も持っている。法律では……〉

「そのくらいは知ってます。お母さんにも、法律の話を持ち出したのでしょ」

〈今、隆志君が傍《そば》にいるんだ。借金を返さないと、外国に売り飛ばされるって、泣きすがっているよ〉

悟が、情に訴えてきた。「自業自得でしょ」と、美樹は取り合わない。

〈まあ、そう決めつけないで。本当に助けてもらいたいって、泣いてこられたら、人として放ってはおけんだろ。美樹だって、病気で困っている人を助けてあげる仕事に携わってる。そのへんの気持ちって、よく分かるんじゃないかな〉

「でも、やっぱり……」

〈なるべくならば、穏便に済ませたいんだ〉

「そう言われても……」

美樹の反発も、力強さがなくなってきている。ここは強くならなくてはと思っても、情に流されるタイプである。美樹のテンションが低くなったのを見越してか、悟が攻勢を仕掛けてきた。

〈ちょっと、待って。今、代わるから〉

少し間が開き、声が変わった。

〈美樹ちゃんか。俺、隆志。憶えてるかな？〉

「ええ……」

トーンが落ちた気のない返事は、美樹の心の表れである。これ以上隆志の声を聞くと、心が折れそうになる。なんで、これほど隆志を毛嫌いしているのと、美樹は自分に問う。やはり、祖父の清吉を目の前で罵った光景は、今でも鮮明に憶えているし、忘れようとしても生涯忘れられそうもない。その上悪評は、母の聡子からいやというほど聞かされている。父親を心労で追い詰め、死を早めさせたのも隆志の放蕩が原因だとも。「――あいつらにはあげたくない」という聡子の声が、美樹の耳にまだ残っている。そこに〈助けてくれないか、お願いだ〉と、隆志の嘆願する声が被った。

「…………」

よいともダメとも言えず、何を答えてよいのか分からず、美樹は無言となった。

〈俺、殺されちまう〉

隆志が訴えるも、顔が見えてこない。今美樹に思い浮かぶのは、十五、六歳で止まったあのときの顔である。すると、急に電話の声が変わった。

〈聞いただろ、隆志君の声。そっちが『うん』と言ってくれれば、すぐに千六百万で売ることができるんだ〉

このとき美樹は、神田先生ごめんなさいと、心の中で謝っていた。その代わり、半分の八百万を受け取ってもらおうと。むろん、現金となると拒否されるかもしれない。それでも一応は、申し出ないと美樹の気持ちは収まらない。これが最良の方策と、美樹の気持ちは傾いた。「それでは……」と、口に出したところで悟が言葉を被せてきた。

〈分かってくれたんだな？〉

だが、悟の次の言葉が美樹の気持ちを引き戻す。

〈だとしたら、半分は隆志君の借金の弁済に充当できる。そして、あとの半分は……〉

急に悟の、声のトーンが落ちた。そして、今まで聞いたことのない、野太く威圧的な声音で口にする。

〈うちでもって、もらうことにするよ〉

「なんですって？」

悟の言葉が信じられず、美樹の口は半分開きっ放しとなった。

〈そうか。そちらに半分渡るとでも思っていたのか？〉

さっきとは、悟の性格がまったく逆である。本性を顕《あらわ》してきたといってよい。その向こうから、隆志のせせら笑う声も聞こえてくる。

「初めから、全部いただこうって肚《はら》だったのね？」

〈今、承諾してもらったんでな、こっちの要求どおりにさせてもらうことにする〉

「なぜ、そんな権利がそっちにあるの？　それと、承諾なんかしてないわよ」

〈不動産屋としての、当然の見返りだよ。これから言うことは、ちょっとややこしいから、よく聞いててくれ〉

悟が、からくりを説明する。美樹は、生唾《なまつば》を呑んでそれを聞き取る。悟の言い分は、つまりこうである。

悟は隆志に八百万円を貸し付け、その担保を遺産権利に設定する。天野清吉から遺産相続された富士野原の家は、土地家屋ともどちらかが放棄しない限り、所有権は聡子と隆志に分割される。その分割された隆志名義に、悟は抵当権をつけるつもりであった。こうなると、聡子の意思だけでは売買や、他人に譲渡することはできなくなる。

〈もし、そっちで富士野原の家を自由にしたいのだったら、まず八百万と利息をこちらに支払って、抵当権を抜かなくてはならないってことだ〉

「権利書がなくて、どうして所有権を設定できるの？」

〈そんなのは登記所に行って、なくしたって言えばどうってことはない。まだ、名義は天野清吉さんのものだろ。そちらのほうで保管するのは勝手だけど、ただ持っているだけでは意味をなさないよ。行く末、固定資産税を取られるばかりだ。もっとも、評価額はたいしたことないだろうが、無駄な税金を払うだけ損てことさ〉

不動産屋なら、抵当権登記の設定手続きくらい、簡単にやりこなすだろう。聡子と美樹だけでは、到底太刀打ちできそうもない。

計画の図面は、すべて悟の中で描かれていた。

悟は、富士野原の家を一千六百万で、第三者に売ることにしている。すでに、念書まで取りつけ、買い手がついているという。

「こちらの権利はどうするの？　同意がなくては、売れないでしょ」

〈そんなのは、いくらでも抜け穴があるさ〉

抜け穴ってなんだと思ったものの、美樹たちの想像もおよばぬ手段があるのだろう。とにかく相手は、その道のプロなのだ。

〈売れたあとは、そちらのほうで家の買い主と争えばいいさ。相手はアメリカ人なんで、訴訟のほうはうるさいよ。下手したら、そっちの家までもっていかれるかもしれない〉

悟は美樹を、脅しにかかってくる。赤子の手を捻《ひね》るより簡単だと、まるでほくそ笑んでいるようだ。

「それじゃ、まるきり詐欺じゃない」

〈詐欺と訴えられるのは、そっちのほうさ。こちらは何も悪いことはしていない。法律に則《のっと》って、不動産登記を設定するのだからな〉

悟は、手数料だけではなく、売買で生じた利ざやをも得ようとしていた。つまりは、八百万で仕入れた家を、倍の千六百万で売って利益を取ろうという魂胆である。

〈まあ、それではあまりにもこっちが阿漕《あこぎ》すぎる。百万円で大人しく権利を放棄してくれたら、すべては何事もなく収まるのだけど、どうだろ？　むろん、掛かる諸経費はこちらですべて払う〉

最初から、放棄しようとしていた家である。それを売ってお金にしようとは、毛頭思ってなかった。最大の有効利用は、神田仁一郎に譲り、そこで小説を書いてもらうことであった。だが、なんとなく美樹の気持ちの中では、腑《ふ》に落ちなかった。

二

――こんな人たちに、お祖父さんの真心を持っていかれるのは嫌。

美樹は徹底抗戦に出るつもりであった。同じ一族に、そういうヤカラがいること自体、屈辱を覚えていた。

美樹は、自分で使えるへそくりがいくらあるかを考えた。少なくても、五百万は貯《た》まっている。二十歳で看護師になり、その間何も贅沢《ぜいたく》しないで、仕事だけに打ち込んできた。幸いにも夫に恵まれ、財もあれば稼ぎのよい旦那である。自分の給与の五分の一くらいは、隠し貯金に回せていた。

これは、美樹の意地でもある。それを資金に、優秀な弁護士を雇うことにした。

「あんたたちの、好きにはさせないわよ！」

美樹は一言啖呵《たんか》を吐いて、電話を切った。そのあとも、しばらく興奮が収まらない。三十分ほどして我に返ったとき、今度は恐怖感が襲ってきた。相手はヤクザまがい……いや、まったくの無法者たちである。どういう手段を取ってくるか分からない。身内だけに、むしろ怖さが身に滲《し》みる。

「これは、普通の相続争いなんかではないわ。命を懸けた争いよ。絶対に、負けるもんか」

仏壇はないが、ボード棚に立てたフォトフレームに、清吉の遺影を飾ってある。七合目まで雪を被った、富士山の一番見栄えのする景色を背景にして笑顔を向けている。二年前の正月に、美樹が遊びに行ったときに撮った写真であった。

「お祖父ちゃん、富士山と一緒に私たちを守ってちょうだい」

清吉の遺影に手を合わせ、美樹は祈りを込めた。

富士山を見ていると、強い味方を得たような気持ちになってくる。美樹に、ふつふつと闘志が湧いてきた。

聡子に、悟とのやり取りを伝えようとスマホを手にしたが、美樹は電話のアイコンを押す前に手を止めた。いたずらに、母を怯《おび》えさせるのもいかがなものか。美樹は一瞬考えたが、美樹が自分で電話しなかったとしても、いずれ悟から話が行くはずだ。思い直して電話をかけたが、固定電話は話し中であった。やはり、悟と話し合っているのだろうと美樹はとった。

「どんなやり取りをしてるのだろう?」

十分の間に、二度電話をしたが話し中でつながらない。長電話に、美樹もだんだんと不安を募らせてきた。それからさらに五分ほどして電話をするも、ツーツーとしか聞こえてこない。業を煮やして、美樹は父親の携帯に電話をしてみた。スマホではなく、まだガラケーを使っている。すぐに、父親は出た。

「お母さんの電話、長いでしょ」

「いや。今、昼めしの材料を買いに行っておらんぞ。携帯にかけたのか?」

「いえ、家の電話。ずっと、話し中なんだけど」

なんてことはない。受話器が外れて置かれていたと、父親は言う。とんだ気苦労をしてしまったと、美樹は自分の情緒が不安定になっているのを感じた。もっと落ち着けと、美樹は自分に言い聞かせる。すると、ふとあることに思い当たった。

「……もしや？」

まさかと思い、美樹は首を振って考えを振り払った。

この日は夜勤明けである。昨日の午後から、今朝の八時までぶっ通しで働いて家に帰ってきた。悟との長電話もあって、美樹の頭の中は朦朧《もうろう》としていた。ソファーに寝転びまどろんでいるところに、スマホの呼び出し音が鳴った。母親聡子の、携帯からであった。

〈お父さんから、電話があったと聞いたのだけど。今、大丈夫？〉

「夜勤明けで、今うとうとしてたの」

〈また、かけようか？〉

「いえ、いいの。お母さんと、早く連絡を取りたかったから」

〈何か、あったのかい？〉

そう訊くようでは、悟からの電話はまだなさそうだ。

「さっき、悟さんから電話があったの。あの人、とうとう牙《きば》を剝《む》いてきたわ」

〈牙を剝くって……いったいどういうこと？〉

隆志の借金の件は、すでに聡子には話してある。

「傍らに隆志もいてね、悟さんがその借金を肩代わりして……」

美樹は、悟とのやり取りの要所を語った。

〈あの家、千六百万もするの？〉

「すでに、アメリカ人に売る手はずになっているんだって。お母さんの権利を差し置いて、自分の物にするつもりなの」

〈あたし、そんなの知らないわよ〉

「百万円で、権利を放棄しろって。そうしないと大変なことになるって、脅すのよ」

〈それで、美樹はどうしようっての？〉

「もちろん徹底抗戦するつもり。あんな奴らにあの家……お爺ちゃんの真心を渡すわけにはいかないわ。それで、お母さんの意見も聞かないとね」

〈あたしだって、嫌。でも、どうやって徹底抗戦するの？〉

「優秀な、弁護士さんを雇うの。行政書士の山口さんから紹介された弁護士なんかじゃダメよ。先に、お金のことしか言わないんだもの」

〈でも、いい弁護士さんて知らないんでしょ？〉

「どんなにお金がかかっても、今度は、その気になって探す」

〈どうするの、そんなお金？〉

「私のへそくり、全部出すわ。だから、お母さんは心配しないでけっこう。相続権を絶対に守るって意思さえ聞けるだけでいいわ」

〈あまり、無理しないでよ〉

「大丈夫。それと私、勝ち目のある情報を握ってるの」

〈どんなこと？〉

「ごめん、お母さんにはまだ言えない。多分、ちょっとした切り札になると思うの」

切り札というのは、誰にも見せる物ではない。たとえ味方でも、機が熟すまでは明かさないのが戦《いくさ》の常道である。

〈分かった。みんな、美樹に任せる。もし、お金が足りなくなったら、言ってちょうだい。これは、あたしの意地でもあるわ〉

「それで、お母さん。もし、悟さんから電話があったら、みんな美樹に任せてるって、突っぱねてちょうだい。けっして沽券《こけん》は渡さないでね」

権利書を沽券と、美樹は古い言い方をした。神田仁一郎の小説の中にあった言葉を、一つ拝借したのである。

〈分かったわ。悟がなんて言ってこようが、絶対に渡すもんですか〉

これで、母娘の結束は強固となった。

あっちの情報こっちの伝手を頼って、その日の夕方ようやく力量がありそうな弁護士に辿《たど》り着いた。

相続問題に強いとの評判を聞いている。その事務所は府中本町にあった。美樹の勤める病院とは、歩いて行けるほど近い。何かあったら、すぐに相談に通える。翌日は終日病院勤務で空けられず、美樹は明後日の午前十一時にアポを取った。そして、翌々日。『原島幸雄法律事務所』と、五階建てビルの袖看板を見上げ、美樹は足を踏み入れた。事務所は、最上階の五階にあった。

応接室に通され、待つこと三分。五十歳前後の白髪が混じる男と、三十歳くらいの、美樹と同じ年ごろの女性が入ってきた。一礼すると、美樹と向かい合って座った。

「私が所長の原島《はらしま》です」

言いながら、名刺を差し出した。

「こちらは助手の澤井《さわい》千鶴《ちづる》です」

「よろしくお願いします」

澤井という、女性の名刺も受け取り、テーブルの上に並べておいた。その肩書きには、司法書士と記してある。弁護士を目指しているのだろうか、利発そうな面相に、女としては引け目を感じる。

「ちょうどよかった。今日は法廷もないので、ゆっくりと話が聞けます」

原島の物腰が柔らかいので、美樹も安心して相談ができる。相談料は三十分五千円と相場は聞いているが、美樹は一時間半ほどをかけて、これまでの経緯を語った。なるほどなるほどと、ときおりうなずき、要点をメモを取りながら聞いている。

「……といった次第でございます」

長い語りを終え、咽喉《のど》が渇いたか美樹は出された麦茶を啜った。

「相手はお身内のようですが、相当に性質《たち》が悪そうですね。それで、天野隆志というお従弟は、なんで音信不通だったか聞いてますか？」

「いいえ、それは存じません」

「住んでいたご住所は分かりますか？　それと、生年月日が分かりましたら……」

「たしか、大阪市淀川区の十三って聞いてますが。詳しい番地までは……それに、生年月日はなおさら。なんせ、一度しか会ったことがないものですから」

なぜ、そこまで知る必要があるのか分からない。だが、何も意味なくは訊かないはずだ。美樹は母親の聡子に電話して、訊くことにした。弟健二からの年賀状があったはずと、聡子からの折り返し電話を待った。

「それと、天野悟さんの事務所はどちらに？」

それならば、清吉の葬儀のときに名刺をもらっている。必要だろうと、持参していた。「ほう、やはり……」と、悟の名刺を見ながら原島はうなずく仕草を見せた。

「ご存じなのですか？」

「ええ。以前、この方が絡んでいた案件を取り扱ったことがありまして……」

その内容は守秘義務から言えない。だが原島の渋味を帯びた表情からして、あまり悟にはよい印象をもっていないようだ。そこに、聡子から折り返しの電話が入った。

美樹は住所を書き取り、隆志の生年月日を訊いた。意外にも、聡子は憶えていた。健二が、大喜びして報せてきたその日を忘れていないと。愛されて生まれてきた子が、なぜに親の寿命を縮めるような男に育ったのか。人の道を外した従弟の生き様に、美樹は胸の痛みを感じざるをえなかった。

聡子から聞き取った情報を、原島弁護士に手渡す。

「澤井君、ちょっとこれで調べてくれ」

「かしこまりました」

澤井女史は、メモの紙片を受け取ると応接室から出ていった。

「いかがでしょう、先生。こちらに勝ち目はございますでしょうか？」

「今のところ、なんとも言えません。ただ、法律だけで申せば、相手のほうにかなり分があります。天野悟さんがいろいろ手段をもちいているようですが、わざわざそんなことをしなくても、充分なんですがねぇ」

原島のニュアンスが、もって回った節回しであった。美樹は、そこに引っかかりを感じ取った。

「どういうことでしょう？」

「筋道を通して権利を行使すれば、家裁の裁定だって、あとは両者の話し合いってことになるでしょう。なぜ、そうしないで強硬姿勢に出たかです」

「それは、丸々お金が欲しいからではないでしょうか？」

「でも、最初からそうは思ってなかったはずです。どこかで、何かが気持ちを変えたのでしょうな」

「何かって……？」

「今、それを調べているところです。それにしても、彼らは一つ大きなことを放念してましたな」

「あなた方が、これほど抗うとは思ってもいなかったでしょう。まさか、お金をかけてまで弁護士を雇うとは。あなたの語りの中に出てきた『お祖父さんの真心――』よい言葉の響きですな。それを聞いて、私もお手伝いすることに決めました」

原島弁護士を動かす要因がそこだと知って、美樹は強い味方になってくれるものと確信した。ならばと美樹は、切り札を語ることにした。

「原島先生……」

美樹の周りには、先生と呼ばれる人がたくさんいる。みな、尊敬できる人たちばかりである。美樹は、前に座る弁護士を、その一人に加えた。

「こんな情報って、お役に立つでしょうか？」

「どのような、ことで？」

「隆志の借金は狂言で、その大光興行という金融屋も、そして悟さんもみなグルであったと」

美樹は、相手のからくりを曝露《ばくろ》したとばかり、探偵にでもなったつもりの口調で語る。

「ほう。その話は詳しく聞いてみたいものですな。何か、根拠がおありで？」

「物的証拠はないのですが、ちょっと不審を感じたことがございまして」

「聞きましょうか」

　原島が返したところで、助手の澤井が入ってきた。

「先生、分かりました」

「美樹さんの話は、あとでお聞きしましょう」

　原島は、澤井が持ち込んだ書類に目をやると、メガネを外して読み耽《ふけ》った。A４の用紙三枚に書き込まれた、報告書であった。これがすべて、隆志に関したことが書かれているとしたら、美樹はそれだけでも顔面が青ざめる思いであった。

三

　黙読で読むのに五分ほどを要し、原島の顔が美樹に向いた。

　今は足で取りに行かなくても、情報はパソコンですぐに入手できる。さすが弁護士事務所だけあって、莫大《ばくだい》な情報網がインプットされているのだろう。

「隆志さんというのは、大変なお方ですな」

ふーっと、大きなため息を吐いて、弁護士は一声を切り出した。賞罰に関わるとすれば、明らかに罰であることは容易に判断できる。

――もしかしら凶悪事件……殺人事件に絡むとか。

嫌な予感が、美樹の脳裏をよぎった。

「隆志さんは、前科四犯をお持ちです。その中で、とりわけ重要な事件といえば九年前に兵庫の尼崎《あまがさき》で起きた、資産家強盗致死事件です」

美樹の予感は的中した。血族、それも近い関わりの従弟の犯罪に、美樹の腰は砕けそうになった。かろうじて、テーブルにつかまり体だけは支えることができた。しかし、心はへし折られている。ガックリとうな垂れ、美樹の目から水滴が零《こぼ》れ落ちた。

「だが、主犯ではございません」

美樹を慰めるような、弁護士のもの言いであった。

「でも、そんな事件に加担してれば、同じことです」

首を振りながら、美樹はようやく言葉を発することができた。

「一つ救いがあるとすれば、そのとき隆志さんが主犯の男を止めに入ったってことですな。それを、お手伝いさんが見ていたと供述しています。それでも、共犯は免れない。懲役八年の刑を受け、一年ほど前に網走《あばしり》刑務所を出所したとここに書かれています。音信不通だと、隆志さんのご両親は隠していたのでしょう」

叔父の健二は、心労が祟《たた》って寿命を短くしたと母の聡子は言っている。

——いい、叔父さんだったのに。なんで、そんな子ができちゃったの？

滅多に会わない叔父であったが、その心痛を思うと美樹はしばらく顔を上げることができなかった。

「あとの、三つの前科は未成年時の犯罪で、少年院と少年刑務所を出たり入ったりしていたようです」

「松岡さん……」

うつむく美樹に語りかけたのは、澤井女史であった。

「はい」

「お身内の犯罪と聞いてお辛いでしょうが、お話を聞きますとまったくの他人と思えます。このような事例は、ほかにもたくさんございます。もちろん、この話は口外いたしません。血族であることをお忘れいただき、お心を強くお持ちください」

同じ年代の女性から心のケアをされ、美樹はふと自分の仕事を思い浮かべた。自分に向けても、同じように毎日、心と体が傷ついた患者を言葉でもって癒している。そ
れができないわけがない。

「ありがとうございます。今のお言葉で、気持ちが少し楽になりました」

「でしたら、話を先に進めましょうか」

原島弁護士の顔が、いく分和らいだように美樹には見えた。

「この事件は、さほど難しくはないかもしれません。隆志さんのお父さんは、なんてお名前でしたっけ？」

「健二といいます。もう、三年前に亡くなってますが」

「その健二さんが、勘当するって言っておられたようですね。現代の法律では、勘当という言葉は存在しませんが、意思は尊重されることがあります。息子の隆志さんは殺人に絡む、かなり重要な犯罪を犯しています。となると、相続廃除の申し立てが通るかもしれません」

「相続廃除……？」

聞き慣れない言葉に、美樹は訊き直した。

「難しい法律用語はともかくとして、隆志さんは充分に廃除の対象になるものと。民法八百九十二条の定めでは、相続権を持つ人間にいちじるしい非行の事実があった場合は、相続権を剝奪することができるとあります。つまり、過去に五年以上の有期懲役があっただけでも、それに該当するってことになりますな。それ以外にも、いろいろとありそうですし。天野悟さんは、おそらくそのことを見越して金にならんと考えたのでしょう。それで、脅すような手を打ってきたと思われます」

たった二時間ほどの弁護士とのやり取りで、美樹の気持ちはぐっと楽になった。

「こちらからは、相続権差し止め請求を提出します。ところで、先ほど松岡さんが言っておられた、みんなグルではないかという根拠はどういうことで？」

「それについては、三つほどあります」

美樹は、箇条書きのように説くことにした。

「一つに、隆志は、大光興行からお金など借りてないのではないかと」

「ほう。その根拠は？」

「今聞いてさらに思ったのですが、誰が刑務所から出て一年の人に、五百万なんてお金を貸します？　いくら体を担保にしたって、貸す額が大きすぎるのでは。常識的に考えて、ちょっと話が極端すぎると思います」

「ですが、家の相続権があると分かれば貸すのでは？」

これは、澤井女史の問いであった。

「大光興行が、隆志に家の相続権があるのを知ったのは、お金を貸したあとのはずでしょう。家を目当てにしたとすれば、ちょっと腑に落ちないですよね。つまり大光興行は、隆志が富士野原の家を知る前に、すでに相続の話を知っていたってことになるのではと、私は仮説を立ててみました」

シャーロック・ホームズばりの台詞を、美樹は口にした。

「となると、天野悟さんと金融屋のほうが先に手を組んでいたってことです」

「どうしてそうと……？」

「六月の二十日過ぎあたりに、大光興行の横山って人が富士野原の家を見に行ってます。そのころはまだ、隆志は自分にその家の相続権があるとは知らなかったはず。それは、悟さんの言葉が証明しています。私の母に悟さんから電話があったのは七月十日。その前日に隆志と再会したようなことを……いや、違う。どこか、私の考え違い」

美樹は、言葉を止めて思案顔となった。しばらく考え「そうか！」と口にし、顔を原島に向けた。

「原島先生、私が見た借用書ってのは、その数日前に書かれたものと考えれば、辻褄《つじつま》が合います。すべては、狂言回し……」

美樹の話に、原島弁護士はふと口が綻びるような、笑いを含む表情を見せた。

「なるほど。それを立証するものは？」

「ございません。ですので、当人たちに聞いていただければよろしいかと。それと、もう一つは、横山さんの言葉の中にありました。家から出ていってもらうとき、横山さんはこんなことを言ってました。『――あんたも大変だな。できの悪い従兄弟たちをもって』って。従兄弟たちって、複数を意味しますよね。もう一人は、私の母である聡子の従弟の悟さんを指しているものと。そこからでも、ずっと以前から、悟さんと横山さんは知り合いであったことがうかがえますわ」

「三つあると言いましたね。それで、もう一つは？」

「千六百万という数字です。大光興行の若い方が、千六百万で売れるとうっかり口にしたのを、横山さんが咎めました。悟さんが売れると言った額も千六百万円。偶然とはいえ、半端な数字がピッタリと一致するのも不審に思えます」

美樹は、思いの丈を弁護士に向けて語った。

「いずれにしても、みな私の勘どころですが……」

「それでも充分、相手に突きつけられる威力はあります。状況証拠といえど、これだけ材料が揃っていれば充分でしょう」

言いながら原島弁護士は、持っている書類に再び目を転じた。

「松岡さんの推理は一流ですな。澤井君、うちの事務所に来てもらいたくなる」

「はい。まったく同感でございます」

弁護士と助手が、笑いながら話しているのを、美樹は怪訝そうな表情で見やっている。

「ここに、こういうことが書かれてます。隆志さんは、関西系の暴力団の組員ってことになってますな。大光興行は法人登録には見当たりませんでしたが、おそらくその類《たぐい》の者たちでしょう。もう、その関わりからして推して知るべしです。となると、公文書偽造罪とか詐欺罪でも告訴することができますが、いかがなさいますか？」

それには、美樹は即答であった。間髪を容《い》れず答える。

「いえ、刑事事件にはしないでください」

身内から犯罪者が出るのは耐えられない。美樹は、首を振りながら拒んだ。

「分かりました。あとは、こちらにお任せください」

原島弁護士の、勝利を確信するようなもの言いであった。

「ありがとうございます。それで、いつごろその結果は分かりますか？」

「これからさっそくかかりますので、裁定が下るのは早くても一月《ひとつき》……いや、もう少しかかるでしょうな。それと、この先一切、天野悟さんとの接触は避けてください。電話がきたら、弁護士に任せてあると突っぱねるように」

「かしこまりました。母にも、そのように申し伝えておきます」

ぐっと気持ちを楽にした美樹は、もう一つ肝心なことを口にする。「あのう、費用のほうはいかほど……?」と、恐る恐る訊いた。

「それは、澤井君のほうから説明して。私は別件がありますので、これで失礼します」

「よろしくお願いいたします」

美樹は立ち上がり、部屋から出ていく原島弁護士に深く頭を下げた。

「それで、ご費用なのですが……」

着手金二十万円、成功報酬三十万円、それに実費諸経費十万も用意していただければ充分との見積もりであった。思ったより十分の一の予算で済むことを知り、美樹は認識を改めた。

それから三十分ほど、澤井女史と今後の流れを打ち合わせして、美樹は弁護士事務所をあとにした。

四

美樹の重い話に、亜矢子と仁一郎は言葉一つ挟まず聞き入った。

すでに午後の六時になろうとしているが、外はまだ真昼のように明るい。日没になるまでは、あと一時間ほどありそうだ。

「神田先生が入院なさる前に、どうなっているのか途中経過をお報せしておかなくてはいけないものと思っていました。ですが、ちょっと身内の恥を晒《さら》すようで迷ってしまい、連絡するのに時間がかかってしまったのです」

「さぞや、話しづらいことだったでしょう。でも、まったく美樹さんとは関わりがない……いや、ごめん。そういう問題じゃないよね」

どんなに遠くに離れていても、血の縁だけは拭いきれない。ましてや、共犯といえど殺人事件や暴力団の組織に従弟が関わっていたとあれば、美樹の心境はいかばかりか察するに余りある。語る途中で不適切な言葉と気づいた仁一郎は、ソファー深く腰を戻した。

「でも、神田先生と亜矢子さんに聞いていただき、気持ちがすっきりしました。弁護士さんたち以外に、初めて他人の方にお話しすることですから。父も夫も、今回の件で隆志のことは初めて知りました。そしたら夫は、眉《まゆ》一つ動かさずに言ってくれました」

——そういうときの、夫の一言ってすごく大切なのよね。

「なんて……？」

亜矢子が、身を乗り出して訊いた。

「そんなことより、あしたのガンバ大阪戦のほうが大事だって。ちっとも気に留めていないって感じ。そして、もう一言『気にするな』って……」

「素敵な、旦那さん。仁ちゃんも、そのくらい気の利いた台詞を言ってよ」

「小説の中ではいくらでも書けるけどな、なかなかもって口に出しては言えんよ」

「夫のその言葉で、私、ようやく吹っ切れました。病院の患者さんたちにはすまないけど、もっと夫のほうに目を向けようって」

看護師を辞める決心をしたとまでは言わないが、美樹の心情は亜矢子と仁一郎にも通じていた。

「そんなことで、今弁護士さんのほうから調停手続きをしているところです。まだ、結果は出ていませんが、神田先生が退院するころには結論が出ているものと思われます。弁護士さんは、十中八九こちらが勝訴することは間違いないだろうと言ってます。もしそうなったら、ぜひ富士野原の家をもらってください。二千万で売ろうが三千万で売ろうが、それがお役に立つのでしたら、私たちは一切何も言いません。それは、ずっと決めていたことで、今でもなんら気持ちに変わりはありません」

裁判沙汰にするほど、美樹は赤の他人である自分たちのことをおもんぱかってくれている。答がすぐには見つからず、仁一郎は小さくうなずきだけの返事をした。亜矢子は、ありがとうと大声を張り上げたかったが、仁一郎に倣《なら》ってコクンと首を下げただけであった。

「どうぞ神田先生、あとのことはご心配なさらず、安心してオペに挑んでください。必ず手術は成功します。私も担当のドクターにちょっと訊いたのですが、肝臓の左葉を切り取る手術はさほど難しくないとのことです。転移でなければ、癌はほとんど根治するとも言ってました。あとは原発を願うだけ、それもほぼ大丈夫だろうと」

セカンドオピニオンで、診察を受けているような心持ちであった。不安な気持ちを和らげようとしている美樹の温情は、仁一郎にとって何よりの励ましとなった。

「本当に、ありがとう。美樹さんの言葉は、とても励みになります」

「ベンツ切開で、ちょっと痛いでしょうが、そのくらい我慢してくださいね」

「痛いのは嫌いだけど、なんとか我慢します」

「まったくだらしないのですよ。前回の手術のときも泣き叫んで……」

「余計なことを言うんじゃない」

　仁一郎が、亜矢子をたしなめたところで、壁の鳩時計が午後の六時を報せた。そろそろおいとましようかと、仁一郎がソファーから腰を浮かす。

「お話はよく分かりました」

　まだ、結果が出ていないのにどうのこうの言っても、むしろ礼を失するだけだ。富士野原の家をもらうかどうかの返事は、それからでも遅くはないと。数日後は、大手術である。亜矢子と仁一郎の気持ちは、そっちに飛んでいた。

「手術の結果は、必ずご連絡しますね」

　亜矢子が言いながら立ち上がるも、美樹はまたも引き止める。

「夕ご飯を召し上がっていただこうと……鰻《うなぎ》はお好きでしょうか？」

「そんな、お気遣いなく……ずいぶんと、長居してしまった」

「ごめんなさい、美樹さん。ありがたいのですけど、八時に人と会う約束がありますので、すぐ帰らないと。仁ちゃん、間に合うかしら？」

　もてなしを無下《むげ》に断るのは無粋だと、亜矢子は遠慮を別の言葉に置き換えた。

「圏央道が混んでなけりゃ、楽勝だ」

亜矢子の心根を受け取り、仁一郎が言葉を乗せる。

「お気をつけて……先生、手術頑張ってください」

「美樹さんから勇気をいただいたから、もう大丈夫だ」

「ご主人に、よろしく」

玄関先まで見送りに来た美樹に、亜矢子は手を振って再会を約束した。

「旦那さんに会いたかったけど、八時まではいられんからな。話だけ聞くと、気持ちは大きな人のようだな」

「ほんと。棚に置いてあった写真では、顔は不細工だったけど、男としてはでかそう。少なくとも、あたしはそう感じた」

「その隣にあったお爺さんの写真、あれが天野清吉さんだな」

「富士山をバックにしてたから、間違いないでしょ。あたし、心の中で合掌しちゃった」

帰路の車の中での、亜矢子と仁一郎の会話であった。

仁一郎の肝臓癌摘出手術は、八月三日に行われた。

午前九時ちょうどに麻酔が打たれ、仁一郎が麻酔から醒めたのは午後の四時ごろであった。およそ六時間を要した手術であった。

「無事に、癌を取り出せました」

まんじりともせずオペの終わりを待っていた美樹に、ドクターからの報告があった。二度の大手術に耐え抜いた仁一郎を思い、亜矢子は声を震わせながら「ありがとうございます」と感謝を込め、いく度も深く頭を下げた。集中治療室に移った仁一郎と、その日は面会できないが二日後には会えるという。

外に出て、亜矢子は美樹の携帯にさっそく電話をかけた。仕事中か、電話には出ない。呼び出し音は迷惑かと、LINEを送ることにした。『手術大成功！』と文字を送り、すぐあとに楽しそうな絵柄のスタンプを選んだ。美樹から返事があったのは、夜の八時ごろであった。『ごめんなさい、仕事で返事が遅れました。手術ご成功おめでとうございます。もう安心ですね。それと私、きょう辞表を出しました。今月一杯で、退職いたします』との返事であった。

――いつまでも、ご主人とお幸せに。

そんな思いを、亜矢子はLINEに綴った。

富士野原の家の結果は、まだ当分先であろう。本当にもらってよいものかどうか、亜矢子にはまだ結論がつきかねていた。

「仁ちゃんは今、それについてどう考えているのだろう？　痛くてそれどころではないか」

うんうんと唸《うな》っている仁一郎の姿を想像して、亜矢子はふと笑いを漏らした。

仁一郎の退院の目処《めど》は、手術後三週間とされた。肝臓の癌細胞を調べて、転移か原発かを判断するらしい。それには、かなりの時間がかかるとのことだ。もし、転移であった場合、これからの治療をどうするかと、ドクターの打診があった。仁一郎と共に、亜矢子はその説明を聞いた。抗癌剤には、いくつもの種類がある。その効用と副作用の一長一短を詳しく聞いてから、仁一郎はドクターから決断を迫られる。

「どれがよいかは、これからの生活を考えてお決めください」

だが、仁一郎の気持ちは最初から決まっていた。

「先生。抗癌剤は打たないことに決めています」

「ほう。それは、どうしてでしょうか？」

患者の意思を尊重してくれるドクターである。穏やかな表情で、仁一郎に訊いた。

「副作用で仕事ができなくなったら、もう生きていてもなんの価値もありません。命が許す限り、最期まで書き通すことに肚を決めました」

「なるほど。ならば、なるべく副作用の少ない……」

医者の立場ならば、みすみす手を抜くことは許されない。なるべく患者にストレスが掛からないよう打診するのもドクターとして務めだと。

「これからわたしは、一世一代の作品を書こうと、ずっとベッドの中で構想を練ってました。文章を綴るというのは、生半可なことではできません。けっこう集中力が必要なんです」

「それは、よく分かります」

「もしそれが、抗癌剤の副作用で邪魔をされることがあったら、たとえ死期を延ばせたとしても人生に悔いが残るものと。これからどこかに癌が見つかっても、五年の生存率はあるのでしょ？　でしたら、その間に小説家としての証《あかし》を残せるものを書いてみたいのです。これまでとは、違った作品を書いてみたいのです」

「分かりました。ならば、抗癌剤を用いなくていい治療方法を考えていきましょう」

ドクターは、仁一郎の願いを聞き入れてくれた。それと、こうまで言ってくれる。

「神田先生の新作、心待ちにしてますよ。どんな物語を、ベッドの中で考えたのです？」

「とんでもない。アイデアは、滅多に人には教えられんですよ。盗まれたら、大変ですからね」

「私は医師です。ペンではなく、メスを持つのが仕事ですから」

「先生、うまいことをおっしゃいます」

亜矢子の半畳に、しばし診察室は明るい笑いに包まれた。

ものごとを明るくとらえれば、結果もおのずとついてくる。そんな必然を目の当たりに感じたのは、退院予定の五日前であった。この日も、亜矢子が付き添いに来ている。

「暑い中大変だから、来なくてもいいよ。熱中症でぶっ倒れたら、それこそ大変だ」

「いい考えがある。救急車で運ばれて、ここに来ようか」

「くだらねえこと、言ってんじゃない。それよりか、美樹さんから連絡があったか？」

「いいえ、まだないわ。こちらから訊くのもなんだしねえ」

「そりゃそうだ。でも、どっちに転ぼうが俺の考えは決まったよ」

「どんな考え？」

亜矢子が問いを返したところに、間仕切りのカーテンを開けて、看護師が入ってきた。

「先生からお話があるそうです。ちょうどよかった、奥さまもご一緒に聞いていただけますか?」

おおよその、話の見当はついている。癌細胞の結果が出たのであろう。それが吉か凶かは、看護師の表情からはうかがえない。

「今、行きます」

どっちであろうと、覚悟は決めてある。仁一郎は、ベッドから下りるとスックと立ち上がった。

「さて、ドクターの話を聞いてこようか」

亜矢子と連れ添い、ドクターの待つ部屋へと向かった。

五

それから、五日後——。

『おかげさまで、退院できました。転移でなく、ほっとしました。当分は、十日ごとに通院しますけど』

亜矢子のLINEの送り先は、美樹であった。すると、すぐに返信が来た。まだ、看護師を辞めていないはずである。

『退院おめでとうございます。今、弁護士さんのところに来ています。家裁での判定は、こちらの勝訴でした。あらためて、のちほど電話でお話しします』

『了解!』

と一言書いて、亜矢子は送信のボタンを押した。ご機嫌よろしく、猫がピースサインをしたキャラスタンプを一つ添えた。

仕事部屋に閉じこもる仁一郎に、亜矢子はすぐさま報告をした。退院してすぐに執筆に取りかかろうと、今は出版社に売り込むプロットの考案にかかっている。徐々に執筆活動を軌道に乗せようと、仁一郎も必死である。病み上がりだといって、甘えてはいない。

「そうか、そいつはよかった」

「すぐに、西湖の佐伯さんに電話して、売却の手配をしてもらうことにするわ」

さぞかし佐伯も心待ちにしているはずだ。不動産屋の高村に言って、売買契約を延ばしてもらっているという。

「いや、それはちょっと待て」

スマホを取り出し、電話をかけようとする亜矢子を、仁一郎が止めた。

「どうして？ 佐伯さんだって、いっときも早く結果を知りたがっているのよ」

仁一郎だって、美樹からの連絡を首を長くして待っていたはずだ。それなのに、なぜ止めるのかと、亜矢子は仁一郎に訝《いぶか》しげな目を向けた。

「亜矢ちゃん、俺は入院中からずっと考えてた」

「何を……お金の使い道？」

「そんなんじゃないよ。前にも言っただろ、俺が借りたものは仕事でもって返すって。この病気だって、俺の作った借金と同じだ」

「何が言いたいの？ そんな借金だって、これでもって半分は返せるんじゃないの」

「ああ、それはそうかもしれない。だが、それでこっちの命が助かっても、片方の人間が救われなくては、本末転倒ってことになる」

「片方の人間て、まさか天野隆志って人のこと？」

「ああ、そうだ。亜矢ちゃん、俺はずっとベッドの中で考えていた。美樹さんの従弟たちのことをな」

「今さら、何を言ってるの？ 美樹さんだって、その身内を毛嫌いしてたじゃないの。それで、こういうことになったんじゃない」

「まあ、いいからちょっと聞いてくれ」

「分かったわ。話だけは、聞きましょ」

仁一郎からどんな話がされようが、今の亜矢子には、家を売った折半の一千万円しか頭の中にない。不満たらたらな表情を浮かべながらも、亜矢子は聞く姿勢を取った。

「入院している間、俺はずっとベッドの中で構想を練ってた。そこで思いついたのを、今プロットに起こしているんだ。その物語ってのは……」

話が途絶え、これまで見たこともない仁一郎の真剣な眼差しが亜矢子に向いた。

「天野隆志をモデルにして、現代小説を書こうと思っている」

「えっ、隆志って美樹さんの従弟……なんで？」

これには亜矢子も驚くというより、不思議な眼を仁一郎に向けている。

「天野清吉という純朴で実直な人の血を引くのに、どうして隆志のような孫ができたのか。美樹さんを見ていると、あの家系にヤクザは似合わないだろ。それと、美樹さんの母親と、その従弟の悟っていう人。まったく正反対のキャラだ。そう考えていたら、いろいろな空想が浮かんできて、これは小説になるんじゃないかと。天野隆志からの目線で、それらの人生模様に富士野原の家の話を絡めて書くのはどうかとな。人の機微を交えて、いろんなエピソードをデフォルメして書けば、面白くなるぞこの話。なんと言っても、バックにある富士山が圧巻だ」

長い語りを、仁一郎は一気に捲《まく》し立てた。これまで話をしてきた中で、一番の饒舌《じょうぜつ》だと思いながら亜矢子は語りを聞いていた。

「いいんじゃない、それ。絶対に売れるよ」

「売れるかどうかは、分からんけど。まあ、そのつもりで書く。そんなんでな、富士野原の家、隆志って人にあげようと思う」

「えっ……なんで？」

それとこれとは話が違う。真っ向から反対だと、亜矢子はそんな形相で仁一郎を見やった。

「家をもらい、その上小説のアイデアまでいただいては欲張りってもんだろう。そんなのは、神さまが許しちゃくれんよ」

「神さまって、いつから神道家になったのよ。それはともかくとして、これからの生活はどうするの。入院で、けっこうお金がかかっちゃったし。しばらくは、印税だって入ってこないのでしょ？　そうだ、追徴される税金はどうなっちゃうのさ」

亜矢子の、矢を射るようなツッコミに、仁一郎は動じた様子はない。

「この先しばらくは、清貧ってやつだな。金がなければ、我慢すればすむ」

「今度は、托鉢僧《たくはつそう》みたいなことを言ってる。お金がないのじゃなく、足りなくなるのよ。足りないってのは、ないよりもっと辛いことだと、仁ちゃんいつも自分で言ってるじゃない」

亜矢子自身も若いころサラ金に追われ、辛い生活をしてきたことがあった。またもそんな辛酸を舐《な》めるのかと思うと、はぁーと大きなため息が亜矢子の口をついて出た。

「そのときは、ただひたすらに頭を下げればよい。税務署だって、命までは取りはしないさ」

「ずいぶんと楽観的なのね、仁ちゃんてお人は。というよりも、百戦錬磨ってことか」

得心したような、亜矢子の苦笑いであった。

「楽観はけっこうだけど、でも美樹さんにはどうするの。お家は、隆志さんにあげてくれとでも言うの？」

「いや、今さらそれはできんだろう。なんせ、法廷争いまでしたのだからな。もし、亜矢ちゃんがいいと言えば、こうしようと思ってる」

「どうするのさ？」

言って亜矢子はふと思った。仁一郎の考えには反対であったが、口から出た言葉は気持ちとは裏腹であったと。

「やはり、家はこちらがもらうのさ。そして、そのあとだ」

「そのあと、どうしようっての？」

「天野悟さんに、電話しようと思っている。パソコンでググッたら、けっこうそれなりの不動産屋みたいだ。六本木から麻布一帯のマンションを扱ってるようだ。そのあたりの物件がたくさん出てきた。ホームページもあるし、会社概要を見ると代表取締役が天野悟となってるから、間違いないだろ」

「それで……？」

「そちらからも、詳しい話を聞いてみたらどうかとな。これは取材にもなるし、無駄ではない。その上で判断することだが、富士野原の家の処分を任せたらどうかとな。その条件として、入った金を天野隆志の更生に役立たせるってのはどうだ？　もちろん、美樹さんには内緒でだ」

「でも、美樹さんとの約束を破ることにならない？」

亜矢子の考えも仁一郎に傾いていた。

「煮ても焼いても、どのようにしてもけっこうですって、言ってただろ。こっちの名義にしてしまえば、あとはどうしようがかまわないだろ」

仁一郎が語るところで、亜矢子のスマホの着信音が鳴った。「美樹さんからだわ。

もしもし……」と、亜矢子は語調を切り替えた。

〈先ほどはメールで失礼しました。先生のご退院、おめでとうございます〉

「おかげさまで、両方の癌をきれいに摘出することができました。主人も、美樹さんのアドバイスがすごく力になったたって感謝してます」

〈それは、よかったです。先生の生命力が、癌に打ち勝ったのですわ。それと、早期発見がいかに大事か。亜矢子さんも……ごめんなさい、看護師の癖が出ちゃった〉

「いえ、とんでもない。あたしもすぐに、癌検診に行こうと思ってます。そういうのって、誰かに背中を押してもらわないと、なかなか自分からは行こうとしないのですよね。そうだ、お話ってのは……」

〈LINEでもお伝えしましたが、裁判では天野隆志の相続権利は認められませんでした。改めて、富士野原の家を神田先生にもらっていただきたいと、お願いする次第です〉

改まった美樹の丁寧な口調から、気持ちにもう迷いはなさそうだ。だが、亜矢子のほうが引け目を感じていた。何か裏切るようで、感触が悪い。

「分かりました。ちょっと、主人と代わりますね」

気持ちを見透かされないうちにと、亜矢子は仁一郎にスマホを渡した。

「もしもし……」

〈先生ですか？　ご退院、おめでとうございます〉

「おかげさまで……」

亜矢子と同じようなやり取りがあって、話は家の譲渡に関わってくる。

「裁判で……えっ、はい……なるほど……」

ここからしばらく、仁一郎の相槌だけがつづく。

「かしこまりました。二週間後ですね……いえ、わざわざ来ていただかなくても……えっ……あっそうですかそれはそれは、いや申しわけない。それじゃお言葉に甘えて……ごめんくださいまし」

電話が切れて、スマホは亜矢子の手に戻った。

「美樹さん、家と土地の権利書を持ってうちに来てくれるってさ。ベンツ切開の傷が癒えてないだろうし、そのころには、美樹さんも仕事を辞めてるってことだ」

「そう。なんだか、申しわけないわね」

下心があるためか、亜矢子の声も沈みがちである。

「それでだ。すでに名義人が亡くなっているので、美樹さんのお母さんが遺産を相続し取得した上でないと、やはり譲渡が難しいらしい。法務局で不動産の申請とか何やらで、その手続きに手間がけっこうかかるってことだ。ただ、法廷相続人が一人なので、簡単といえば簡単らしいけど。その手続きはみな、原島法律事務所の司法書士なんとかさんといった方が、みんなやってくれるらしい」

「そういうのって、いくらくらいかかるのかしら？」

「金のことか？」

「ええ、そう」

　贈与にかかる費用は、前もって負担しなくてはならない。諸々の税金もあるだろう。それらにかかる額がどれほどか分からないが、当面は用意せねばならない。そんなお金があるのかしらと、亜矢子の不安はそこにあった。ちなみに、不動産取得税だけをみると、固定資産税評価額の、土地は３％、住宅に３％と、いずれ上がる可能性があるとして、現在はそうなっている。富士野原市のあの家が、どれほどの評価額があるのか。だが、仁一郎は気にもかけてなさそうだ。

「ここで一番金がかかったのは、やはり弁護士費用だろうな。それはあとで美樹さんに払うとして、こちらもどうせすぐに手放すんだ。いずれにしても、俺たちが心配することではないさ」

仁一郎の言葉で、亜矢子はほっと安堵の息を吐いた。だが、すぐそのあとに、ため息交じりの言葉が一言。

「でも、一円も入らないのよね」

亜矢子の頭の中では、一千万円に羽が生えて飛んでいく。

「そんなことはないさ。この物語を書いて出してみろ、印税がっぽがっぽ……」

仁一郎が、懐に物を投げ入れる仕草をしながら言った。

「そうなると、いいんだけど」

皮算用ほどあてにならないものはないと、亜矢子は手放しでは喜べないといった顔だ。

「だがな、亜矢ちゃん。人間、望みだけは捨てちゃダメだ。俺が一番落ちぶれたとき、何もすることがないから小説を書いた。そしたら、奇跡が起こった。まさに、それこそ奇跡ってものだろうよ」

「それと、二つの進行癌が切除できたこと。これも、奇跡じゃないの」

「そうだな。前を向いてりゃ、いいことがあるってことさ」

「仁ちゃんが言うと、説得力がある。そんな物語を、書いてよね」

「ああ、そのつもりだ。俺はこれから、義理の後始末と追徴税を払うために生きることになるが、丁度いいモチベーションになる。ひたすら我慢して、ひたすら頭を下げる人生だけど、俺には似合ってる」

仁一郎の話で、亜矢子の気持ちも決まった。すべては自分たちの力で解決しようと、亜矢子と仁一郎の答が一致した。

「そうとなったら、天野悟さんに電話しよう」

「あたしは、佐伯さんのほうを断るわ」

「いや、それはちょっと待て。隆志の件が、まだどうなるか分からないだろ。まずは、天野悟と話をしてからだ」

「天野清吉の真心って、道を踏み間違えた孫の行く末を案ずるために、家の話を仁ちゃんに持ちかけたのではないかしら？」

今では、亜矢子はそんな風に思っている。その気持ちを、言葉に表した。

「仁ちゃん、うまく説得してよね」

「任せな。だが、これで隆志君が更生するかどうか分からんけど、俺たちができる唯一の手段だ。清吉さんの真心に、報いるためのな。亜矢ちゃんも、たまにはいいこと言うぜ」

天野悟とは、三日後に会うことになった。

とりあえず電話では、承知の答を聞いた。

三日後、そこで、意外な真実が語られた。

相続権のある天野隆志が刑務所を出所後、行方知れずのままでは、畑山聡子は相続ができない。そうなると富士野原の家は、宙に浮いたまま放置されることになる。すんなりと聡子に相続をさせるためには、不在のまま隆志を相続廃除しなくてはならない。いつかは現れる隆志に、遺恨を残さないために打った、これは悟の狂言回しであった。大光興行というのも存在がなく、隆志といって電話に出たのも、悟の仲間を引き込んだ芝居であった。そこまでやらないと、裁判所は相続廃除を許可しないらしい。後になって揉める要因をなくしておくのが目的だったと、天野悟は言っていた。もちろん、不動産屋として商いにしたいとの狙いもあったと。

「もし、隆志君が見つかったら、力になってあげると悟さんが言ってた。だから、すべては彼に任せようと思う」

「驚いたわね、そんな深謀遠慮があったなんて。これで、佐伯さんのほうは断ってもいいわね」

「ああ。これであの家が誰の物になろうが、俺たちには関わりがない。それで、いいよな」

「うん。それにしても、あの家いったい誰が住むのだろ？」

「考えてみたら、俺たち一度もその家を見に行ったことはないよな。本当にあるのかなって、そんな錯覚にとらわれる。でも、アイデアだけはいただきだ。今夜から、本編の執筆に取りかかるよ」

亜矢子と仁一郎に残ったのは、この物語にかけた一縷《いちる》の望みであった。

「ケセラセラ、なんとかなるわよ」

空気は澄みきっている。ベランダから遠く望める富士山を眺めながらの、亜矢子の独り言であった。

本書は書き下ろしです。

本作品はフィクションであり、実在の個人・団体等とはいっさい関係がありません。（編集部）

実業之日本社文庫　最新刊

井川香四郎
桃太郎姫恋泥棒　もんなか紋三捕物帳
綾歌藩の跡取りの若君・桃太郎は、実は女。十手持ち紋三親分のもとで、おんな岡っ引きとして江戸の悪に立ち向かう！　人気捕物帳シリーズ最新作。

い105

牛山隆信
秘湯めぐりと秘境駅　旅は秘境駅「跡」から台湾・韓国へ
秘境駅の名づけ親は野湯巡りの達人だった！　野に還った秘境駅「跡」をキャンピングカーで探訪しつつ「日本一」の野湯も楽しむ著者一流の「冒険」旅。

う41

浦賀和宏
カインの子どもたち
「死刑囚の孫」という共通点を持つ立石アキとジャーナリストの泉堂莉菜は、祖父らの真実を追うためにある調査に乗り出した——。書き下ろしミステリー。

う51

おかざき登
占い居酒屋べんてん　看板娘の開運調査
父親がスリの女子高生・菜乃、カクテル占いが得意なあやか、探偵の千種、ゲーマーのやよいなど、居酒屋の女神が謎を探る。居酒屋ミステリーの決定版！

お51

沖田正午
お家あげます
一度会っただけの女性から、富士山麓の一軒家を無料でもらってほしいと頼まれた夫婦。おいしい話のはずが、トラブル続出で…笑いと涙の〈人生の備え〉小説。

お61

小野寺史宜
人生は並盛で
従業員間のトラブル、客との交流、店長の恋の行方……牛丼屋をめぐる悲喜交々は24時間・年中無休。要注目作家が贈る異色の連作群像劇！（解説・藤田香織）
お71

実業之日本社文庫　最新刊

近藤史恵
モップの精は深夜に現れる
おしゃれでキュートな清掃人探偵・キリコが、日常の謎をクリーンに解決する人気シリーズ第2弾！　オフィスのゴミの量に謎解きの鍵が!?（解説／大矢博子）
こ35

沢里裕二
処女刑事 東京大開脚
新宿歌舞伎町でふたりの刑事が殉職した。その裏には、東京オリンピック目前の女子体操界を巻き込むスキャンダルが渦巻いていた。性安課総動員で事件を追う！
さ38

真梨幸子
6月31日の同窓会
同窓会の案内状が届くと死ぬ!?　伝統ある女子校・聖蘭学園のOG連続死を調べる弁護士の凜子だが……先読み不能、一気読み必至の長編ミステリー！
ま21

南 英男
捜査魂
誤認逮捕によって警視庁のエリート刑事から新宿署生活安全課に飛ばされた生方猛が、さらに殺人の嫌疑をかけられ……刑事の誇りを賭けて、男は真相を追う！
み710

谷津矢車
曽呂利　秀吉を手玉に取った男
堺の町に放たれた狂歌をきっかけに、秀吉に取り入った鞘師の曽呂利。天才的な頓智と人心掌握術で大坂城を混乱に陥れていくが……!?（解説・末國善己）
や81

実業之日本社文庫 お61

お家《うち》あげます

2019年2月15日　初版第1刷発行

著　者　沖田正午《おきだしょうご》

発行者　岩野裕一
発行所　株式会社実業之日本社
〒107-0062　東京都港区南青山5-4-30
CoSTUME NATIONAL Aoyama Complex 2F
電話［編集］03(6809)0473［販売］03(6809)0495
ホームページ　http://www.j-n.co.jp/
DTP　ラッシュ
印刷所　大日本印刷株式会社
製本所　大日本印刷株式会社

フォーマットデザイン　鈴木正道(Suzuki Design)

ISBN978-4-408-55462-4（第二文芸）